A Madame
hommage de l'auteur.
Paris, le 24 avril 1995.
Sylvie Brunet.

Nocturne le jeudi

Sylvie H. Brunet

Nocturne le jeudi

ROMAN

Albin Michel

22, rue Huyghens, 75014 Paris

ISBN 2-226-06880-5

TOUTE la façade ouest semblait avoir été négligée. Sitôt qu'on réfléchissait un peu, on comprenait que c'était là le fruit d'un choix consciemment mûri : quand on sortait du métro, les premières vitrines qui se présentaient au regard étaient celles situées au sud et, en bonne logique, elles avaient fait l'objet d'un soin particulier. Arrivait-on en bus qu'on aboutissait directement à des familles d'ours animés et des maisons grouillantes de poupées Barbie. A la rigueur, si vraiment on voulait pousser les choses à l'extrême, un promeneur qui laisserait le quai du Louvre ou le quai de la Mégisserie pour se lancer sur la place de l'Ecole qui, très vite, se transformait en rue, pourrait s'y heurter de plein fouet. Mais c'était peu probable et comme il faisait un froid cinglant, il n'y avait pas de promeneurs. Aussi avait-on eu raison de négliger toute cette façade de manière aussi superbement évidente : ce n'était certes pas elle qui y trouverait à redire.

Pourtant, ce matin-là, en reliant le magasin 4 au magasin 2 par le biais de la rue Baillet — dont les vitrines se dissimulaient sous des rideaux de fer qui ondulaient —, quelque chose n'était pas normal.

Des panonceaux rouges avaient été placés avec ostentation sur les portes des différents magasins. On y lisait : JOUETS-JOUETS-JOUETS-MAGASIN 1-3 NIVEAUX. Les cinq mots, de caractères égaux, avaient été alignés les uns au-dessous des autres, le tout sans ponctuation ni fioritures quelconques, d'une sobriété qui faisait encore ressortir l'audace des majuscules blanches sur le vermillon du panonceau. Tel quel, l'ensemble produisait un effet très contrasté : pourquoi, par exemple, avoir répété le mot JOUETS trois fois ? Le fait qu'il y eût trois étages de jouets — soit la totalité du magasin 1 — ne fournissait pas une explication satisfaisante. On aurait pu se contenter d'écrire (en conservant, si l'on y tenait, le même alignement)

JOUETS
MAGASIN 1
3 NIVEAUX.

Le message aurait gagné en limpidité et en concision. Quoi qu'il en soit, c'était fait. Et même si c'était à refaire, on n'aurait pas davantage jugé utile de la consulter sur la question.

C'était donc l'approche de Noël et le temps devenait plus précieux que jamais. Elle était déjà engagée dans le magasin 2 quand elle avait eu une sorte de pressentiment, c'était bien le mot, de ce qui allait se passer. Et, en effet, elle avait à peine le temps de gagner l'escalier mécanique conduisant au sous-sol qu'un homme, debout sur la marche suivante, se collait à elle, murmurait quelque chose non loin de son oreille et, le corps secoué d'un léger tremblement, elle posait le pied sur le sol ferme du niveau moins 1. Ce n'est qu'après avoir rejoint un groupe de vendeuses reconnaissables à leur seul badge, qui discutaient debout, formant un cordon fluide autour d'une grosse femme assise devant sa caisse, et qu'on devinait un peu lasses de cette station prolongée car elles changeaient souvent de jambe d'appui — ce qui les faisait se déhancher dans un mouvement ondulatoire, d'un côté puis de l'autre —, qu'elle s'enhardissait à jeter un coup d'œil derrière. L'homme en loden vert disparaissait déjà entre deux allées de petite quincaillerie ; toutefois, elle avait le temps d'apercevoir un sourire sur ses lèvres incroyablement minces et comme privées de sang, de la même pâleur que toute la chair du visage. La journée se passait sans autre heurt.

Quand on arrivait en métro, par la station Châtelet, on tombait directement dans la rue de Rivoli, toujours très encombrée de voitures et de taxis qui roulaient à sens unique, produisant un petit nuage gris qui s'estompait en s'étirant à sens unique, et rendait la rue un peu immatérielle, surtout en ce début de décembre où le brouillard persistait sur Paris. Quand on sortait dans la rue de Rivoli, il fallait encore marcher quelques centaines de mètres, longer plusieurs vitrines de vêtements pour hommes et femmes, passer deux cafés qui faisaient restaurant, franchir trois rues transversales, et on y était. Le dessin de sa silhouette qui s'imposait de loin, morcelée en plusieurs bâtiments ; la concentration de gens qui circulaient dans les deux sens, traînant les pieds et tournant leur regard du même côté : tous ces indices signalaient, sans risque d'erreur, qu'on touchait à la proximité d'un monument, d'un grand magasin ou d'un édifice religieux. Le magasin Sports — le premier que l'on rencontrait quand on suivait cet itinéraire —, le magasin Sports était un peu décourageant. Des vitrines vides, masquées de papier d'emballage à l'effigie du Magasin, des grandes feuilles de papier mal jointes entre lesquelles, si l'on approchait jusqu'à coller son nez à la paroi de verre, le regard glissait et découvrait un capharnaüm de chariots et de planches, de pots de peinture et d'outils. Allait-on enfin se décider, restait-elle un instant à se demander, les yeux rivés à l'interstice qui offrait le meilleur champ d'angle sur l'intérieur, allait-on se décider à refaire enfin le magasin Sports, son affreux ascenseur aux grilles jaune citron et ses dalles en linoléum couleur mastic ? En revanche, les vitrines de la rue du Pont-Neuf, qui longeait un côté du magasin Sports, présentaient des équipements de ski sur des mannequins à qui on avait tenté d'imprimer le mouvement de la vie. L'un, aux genoux légèrement fléchis, descendait tout schuss une pente recouverte de poudre blanche. L'autre, également à skis, tournait ses chevilles perpendiculairement à son corps pour stopper sa course. Son bonnet avait glissé un peu sur le côté et il semblait que ce fût pour le retenir qu'il pointait le menton assez haut, en contractant les muscles du cou. Un autre encore faisait de la luge avec un petit garçon nu-tête. L'enfant avait des cheveux jaunes collés sur le front et des cils recourbés en paquets autour des yeux. Ils étaient tous des mannequins bien connus, familiers, qu'on utilisait depuis des années à tour de rôle, une équipe pour l'hiver, une équipe pour la belle saison. A moins que ce ne fût toujours les mêmes... Vêtus de façons différentes, perruqués de coiffures nouvelles, organisés par familles toujours remodelables, on n'aurait pu dire quel était leur âge, ni la combinaison de personnages la plus harmonieuse. Il y avait aussi des femmes, bien sûr, mais cette année, sans qu'on pût s'expliquer pourquoi, une seule d'entre elles avait été employée, à une place de choix, certes : en sortant du métro Pont-Neuf, dans la vitrine qui faisait face à la Seine, telle une déesse hindoue aux mille bras, elle se dressait, auréolée de flacons de parfums. Mais une seule, tout de même.

LE premier mercredi de décembre, une surprise l'attendait.

Sous des sortes d'auvents qui protégeaient les vitrines des intempéries, on avait accroché des branches de sapin artificiel, piquetées de grosses boules rouges de Noël et de lumières rondes et jaunes qui ne fatiguaient pas l'œil à clignoter. Çà et là, on notait aussi quelques lumières vertes, mais en nombre beaucoup plus restreint. Les décorations épousaient les angles des rues, les recoins des entrées. Dans le cours de la matinée, quand elle sortait en frissonnant du magasin 1 pour s'engouffrer dans le magasin 4, posant le pied sur le trottoir, c'était un éblouissement : la rue de la Monnaie était coiffée d'une vingtaine de cerceaux qui unissaient, dans un entrelacs délicat de branches de sapin, de boules rouges très grosses et de lumières jaunes et vertes fixes, le magasin 1 au magasin 4, soudain tout proche et qu'on avait habillé, pour la circonstance peut-être, de contreplaqué blanc, au frontispice duquel se détachaient, en lettres majuscules, les inscriptions FORUM DES CADEAUX. EXPOSITION PROVENCE. LIBRAIRIE.

PAPETERIE. BEAUX-ARTS. ENCADREMENT. VIDÉO. DISQUES. PHOTO. PHOTO-SERVICE.

Tout avait dû s'accomplir de nuit — il fallait bien le supposer — ou très tôt le matin. Interrogée, il apparut que Mme Martinaux elle-même n'en savait rien. Elle s'en était néanmoins fait la remarque, le matin, en arrivant. Elle aussi avait quitté le magasin après la nocturne, il devait être dix heures moins vingt et le lendemain, quand elle avait pris son poste à neuf heures et demie, tout était déjà en place. Les ouvriers avaient dû travailler de nuit ou dès l'aube pour ne pas gêner la circulation des piétons sur les trottoirs. C'était affaire de bon sens autant que de réglementation. Les autres années, c'était beaucoup plus progressif, on assistait aux différentes étapes, comme pour les vitrines, ça prenait bien une semaine.

Trois vitrines, en particulier, arrêtaient beaucoup de monde : c'étaient celles que l'on découvrait quand on arrivait en métro dans la rue de Rivoli, et qu'après avoir rencontré le magasin 3, le magasin Sports un peu décourageant, on ne tournait pas dans la rue du Pont-Neuf et on continuait tout droit. On arrivait à un groupe de trois vitrines, une grande flanquée de deux petites qui présentaient des scènes annexes. Au-dessus, on avait collé de larges bandes de papier d'aspect parcheminé qui figuraient les premières mesures d'un opéra de Mozart. C'était l'année du bicentenaire de sa mort et on voyait qu'on avait voulu marquer le coup avec éclat. Dans la première vitrine, marionnette poudrée en costume de soie pervenche, il dirigeait un orchestre constitué de poupées et de chiens en peluche. Au fond, un rideau rouge se soulevait à intervalles réguliers, laissant place à Papageno, qui, entravé par des ailes reliées à des fils de nylon luisant dans la lumière des spots, s'avançait de deux pas sur la scène en carton-pâte avant de disparaître derrière le rideau qui s'abaissait déjà. Dans la vitrine du milieu, un autre Mozart jouait du clavecin sous l'œil bienveillant des poupées « Corolle » qui s'éventaient en le regardant et se penchaient au-dehors de petites loges en stuc doré (on ne pouvait ignorer la marque des poupées, signalée par un autocollant à la droite de la vitrine). Juchée sur le clavecin, une poupée en habit d'apparat faisait mine de tourner la page de la partition, mais son geste n'aboutissait jamais, suspendu par l'étirement sec d'un fil de nylon. Ni cette partition, ni le papier parcheminé qui ornait le dessus des vitrines ne correspondaient à la musique qu'on entendait depuis la rue, si l'on restait un instant debout, immobile, malgré le froid qui mordait l'extrémité des mains. Le troisième tableau représentait l'atelier d'un luthier.

Juste devant, le nez collé à la vitre, on finissait par former une auréole de buée, un rond opaque qui brouillait le regard, et on ne voyait pas bien. Avec quelques pas de recul, tout devenait plus net. La meilleure perspective était offerte du café d'en face, « La Pyramide », pourvu qu'on se soit entraîné à regarder entre les grappes des passants qui obstruaient les trois vitrines : une trouée s'opérait fréquemment devant l'une ou l'autre, offrant un point de vue on ne peut plus harmonique.

Pour l'instant, un couple un peu fatigué hésitait à entrer, considérant la façade avec découragement. A cette heure-ci, il n'y avait encore pas d'enfants, allons-y, après ça risque d'être pire. Lui était d'avis qu'il valait mieux prendre un chocolat chaud d'abord, ou quelque chose d'autre, de chaud, on n'avait pas besoin de s'asseoir, on pourrait boire debout, en vitesse. Elle faisait non de la tête. Ils finissaient par entrer, lui en premier, elle suivant, l'air presque résigné. De l'autre côté de la rue de Rivoli, avant d'entrer dans le café d'où elle verrait mieux, avec du recul, en buvant un chocolat chaud, une femme imposante, en manteau de vraie fourrure, trépignait au feu rouge, pour traverser, arriver de l'autre côté, aller voir ça de plus près, disait-elle à un jeune homme anémique qui marchait dans son ombre.

Dans les vitrines, au nombre de 7, qui marquaient la surface latérale du magasin 1, cela se gâtait : Mozart berçait dans ses petits bras couverts de soie pervenche un poupon de celluloïd. Un peu plus loin, il faisait du vélo, jouait avec la télécommande d'une grosse voiture de police, s'asseyait au volant d'un cabriolet rouge à pédales. Pour couronner le tout, à l'angle de la rue du Pont-Neuf et de la rue de la Monnaie, on se heurtait à une fanfare d'ours bruns en costumes tyroliens passant la tête par les fenêtres d'un petit chalet de bois, au son d'une musique folklorique.

Posséder ne l'avait jamais intéressée, aussi pouvait-elle en toute bonne foi évaluer les choses et garder la tête froide quand les faces se congestionnaient d'envie autour d'elle. Le lundi était son jour favori : elle se sentait régner sur les rayons inertes et les vendeuses indolentes. Le samedi, il valait mieux ne pas en parler. Elle souffrait tant qu'elle n'avait pas trop du dimanche pour se remettre de son énervement et soigner ses pieds rendus douloureux par les attentes prolongées, les piétinements et les bousculades. Heureusement qu'après, il y avait le lundi.

CETTE période de Noël qu'elle s'était prise à redouter tout de suite après la rentrée des classes semblait s'annoncer plutôt sereine. Les transports en commun étaient en grève et, s'il faisait un peu moins froid, c'était pour se mettre aussitôt à tomber des trombes d'eau. Ces jours-là, les camelots qui étaient installés rue de la Monnaie souffraient tout particulièrement. Georges, un homme de haute taille aux yeux bleus un peu rougis, qui faisait ce trottoir depuis plus de vingt-cinq ans, sortait en maugréant son fonds des jours de pluie : parapluies, capuches en plastique, essuie-lunettes, impers, caoutchoucs, qu'il lui fallait substituer en un tournemain, avant que les premiers clients arrivent, aux modèles variés de sous-vêtements laine et coton qu'il suivait depuis presque quinze ans.

Quelquefois, en arrivant à neuf heures trente, juste à point pour l'ouverture, il valait mieux renoncer à entrer tout de suite. Y être très tôt, trop tôt, alors que les vendeuses venaient à peine de s'installer, n'avaient pas encore repris possession des lieux, ajustant leur jupe plissée, rattrapant une mèche qui se sauvait, sortant de leur sac qu'elles rangeraient ensuite dans de petits placards bas situés sous les étals, leur mouchoir, avant qu'elles aient pu se composer un visage pour la clientèle, pouvait se révéler embarrassant. C'était comme si, pour la bonne marche de la journée, une trêve d'adaptation devait obligatoirement suivre l'ouverture. Il fallait savoir attendre, d'autant que, souvent, dès dix heures et demie, le rythme était donné et qu'on pourrait opérer avec profit jusqu'au soir.

L'autobus s'y reprenait à deux fois avant de réussir à prendre le tournant de la rue de Rivoli pour s'engager dans la rue de la Monnaie. La grève était terminée depuis la veille ; pourtant, ce matin encore, les transports ne fonctionnaient pas bien : le bus était plein de têtes étagées sur plusieurs niveaux, des têtes assises, des têtes debout, des têtes coincées sur des marchepieds, des têtes incrustées dans les vitres. Vu de « La Pyramide », le spectacle se mêlait aux gesticulations de Mozart, dans un alliage incompréhensible. En attendant que l'heure tournât un peu, c'était un exercice à la fois facile à pratiquer et délassant : l'examen approfondi de la façade. D'ordinaire, on s'étonnait déjà en découvrant, au fronton du magasin 1, ces lettres blanches magnifiquement calibrées. Les deux lettres qui ouvraient et fermaient respectivement le mot étaient un peu plus petites que les autres, qui, elles, allaient s'enflant sur le centre pour se dégonfler vers la fin. Un enchevêtrement de fruits violets et de rameaux bleus, qu'on hésitait à identifier dans le règne végétal, venait parachever l'ensemble, encadrant les lettres qu'il effleurait à peine. Ces derniers jours, la tentation de lever la tête était encore plus forte, à présent que des coupes longitudinales de grands sapins coloriés en vert sur fond rouge, ou en rouge sur fond vert, battaient comme des étendards de chaque côté de l'enseigne en mosaïque. De là, le regard glissait sur les autres magasins, cherchant à percer les façades latérales qui s'ébauchaient dans les rues perpendiculaires. A certains endroits, des branches de sapin artificiel étaient restées nues, comme si on avait manqué de décorations.

Dix heures vingt : le va-et-vient des portes devenait de plus en plus serré, il était temps. A quelqu'un qu'aurait pris la fantaisie de la suivre, elle aurait pu donner l'impression trompeuse d'errer sans but parmi les lunettes de soleil, les calendriers et les ustensiles de cuisine. Parfois, sur le chemin du retour, dans l'autobus, elle s'interrogeait les yeux fermés sur le contenu exact de chaque rayon, à chaque étage, dans chaque magasin (sauf le magasin 3, il portait malheur). En dénombrer les variétés, les prix, les rapports qualité-prix, était pour elle un jeu d'enfant dont elle se serait vite lassée s'il n'y avait chaque jour quelque événement neuf : c'était un nouvel arrivage qui se déclarait, une collection jusqu'alors inconnue qui perçait, on réétiquetait un département tout entier, on restructurait un étage, on transférait un rayon d'un étage à un autre. Et il fallait inscrire la nouvelle lettre, le nouveau chiffre qui symbolisait cet étage sur le plan général apposé à l'entrée des différents magasins, en français et en anglais. Cela prenait plusieurs jours, on pouvait même oublier de le faire, il fallait alors le signaler à la direction afin que tout fût réparé dans les meilleurs délais.

Sur le coup de midi, profitant du moment où les équipes tournaient, elle s'accordait trois quarts d'heure de relâche (soit un quart d'heure de moins que le personnel) pour déjeuner d'un sandwich. La proximité de la Seine était bonne pour le cœur. En tournant sur la droite, à la sortie du magasin 2, on longeait un peu le quai du Louvre et l'on arrivait à un passage doucement incliné qui descendait jusqu'aux berges du fleuve. Au plus près de l'eau, on était toujours au plus près de la lumière, et si l'on avait pu s'asseoir au creux des flots, on la toucherait, forcément. Le matin, c'étaient d'infinies discussions sur les heures de déjeuner fixées selon un emploi du temps rigoureusement établi pour les uns et les autres, et il n'était pas rare qu'une vendeuse empoignât son sac à main dans une attitude de révolte muette. D'autres plantaient là un client éberlué parce que c'était l'heure dite. L'après-midi était généralement plus agréable, on faisait circuler en cachette des petits gobelets en plastique (bien que ce fût interdit par le règlement, surtout au rayon Mode). Les allées s'imprégnaient des odeurs chaudes du café, on partageait la même condition humaine. Ce jour-là, Mme Martinaux l'avait interpellée comme elle pénétrait dans le magasin, à dix heures vingt-deux, pour lui proposer de déjeuner avec elle (elles se retrouveraient comme d'habitude au grill-bar), mais il y avait eu finalement contrordre à la fin de la matinée et elle lui avait envoyé un de ses assistants qui lui avait touché doucement l'épaule, tandis qu'elle évaluait du bout des doigts des gants chocolat, d'une peau très fine, hors de prix. Elle avait sursauté : Mme Martinaux lui faisait dire qu'elle avait trop de travail, elle déjeunerait avec un lance-pierres, plus tard que prévu.

Un autre jour — elle s'en souvenait comme si c'était hier, à ceci près que la chose n'aurait pu se produire hier, étant donné qu'hier, on était mardi, et que, tout bêtement, la scène s'était déroulée un jeudi, puisque le vigile en question n'était revenu qu'une seule fois, le vendredi, après on ne l'avait plus jamais revu au magasin. Etait-elle vraiment responsable ? Ou faisait-il seulement un remplacement de quelques jours ? Est-ce que, à l'épreuve de la scène, il avait pris conscience (il était vraiment tout jeune) qu'il n'était pas fait pour ce genre de travail, qu'on avait beau avoir besoin de gagner sa vie, on ne pouvait quand même pas faire n'importe quoi, au mépris de sa personnalité et de son caractère propre... Toujours est-il que, dès le samedi, un autre vigile, un nouveau, était à sa place et ne semblait pas disposé à fournir des explications sur le destin de son prédécesseur.

Il était précisément dix-huit heures quarante-cinq. Comme chaque soir de la semaine — du moins en ce qui concernait les lundi, mercredi, jeudi et samedi, puisque le mardi et le vendredi, les jours des nocturnes, les portes fermaient à vingt heures trente —, elle se dirigeait vers la sortie. L'heure de la fermeture l'avait surprise, à sa propre stupéfaction, dans le magasin 1, celui des jouets sur trois niveaux. Elle était en train de se demander si elle pouvait encore acheter une poupée pour l'aînée de ses petits-enfants, qui venait d'avoir huit ans, s'il y avait un âge clairement marqué à partir duquel on commençait à jouer au train électrique, si, d'une façon générale, il y avait des périodes de la vie adaptées à certains types d'activités plutôt qu'à d'autres. La vendeuse du niveau intermédiaire des JOUETS-JOUETS-JOUETS était d'avis que oui. Avec l'air de quelqu'un qui en savait long, elle déclarait qu'à chaque âge correspondaient ses joies et ses plaisirs. Elle avait un nez cabossé et ne regardait pas le client en parlant. Pourtant, elle inspirait la confiance, et toutes les personnes qui avaient fait appel à elle au cours de cet après-midi et de cette soirée, s'étaient soumises à son autorité, lui avaient obéi, fixant leur choix sur ce qu'elle préférait, ce qu'elle leur avait recommandé toujours avec modestie, avec distance même, sans les regarder, semblant vouloir dire : « Voilà ce que je ferais, moi, si j'étais à votre place, mais vous faites comme vous voulez, ça ne me regarde pas. » Alors forcément, on l'écoutait, on lui obéissait, on était venu pour acheter des petites voitures électroniques et on repartait avec une balancelle en bois brut, pour un habit de tortue Ninja et on emportait trois volumes de « Contes et Légendes de tous pays » avec cassettes incorporées. Même ceux qui étaient venus avec la ferme intention de ne pas acheter, de réfléchir, en passaient par où elle voulait, quelqu'un de si désintéressé, elle devait avoir raison, elle inspirait tellement confiance. A dix-huit heures quarante-cinq, ce jeudi, en franchissant les barres métalliques de contrôle juste avant les portes de sortie, quelque chose la retint par-derrière. Elle se retourna : la boucle dorée de la ceinture cousue à son manteau, qui battait d'habitude librement dans son dos, restait accrochée à l'un des montants métalliques. Il n'y avait pas deux jours, Mme Martinaux lui avait fait la remarque : vous la perdrez, elle se coincera dans l'escalier mécanique, il faut faire quelque chose, vous serez déjà sur le quai que les portes du métro se refermeront sur elle, vous retenant prisonnière, c'est dangereux. Le vigile préposé à cette porte numéro neuf accourait pour voir ce qui se passait. Elle lui adressait un sourire d'excuse, poli, et il entreprenait de l'aider à défaire la boucle captive. Sur ses conseils, pour que ce soit plus commode, elle enlevait son manteau qui se mettait à pendre piteusement aux barreaux de métal. Ils se relayaient dans leurs efforts, des clients qui avaient fini leurs achats, saisissant d'un bref coup d'œil la situation, offraient leur aide. Au bout de quelques minutes, un petit groupe d'une huitaine de personnes s'affairaient autour de la boucle. Attention, criait une dame qui pointait un doigt en avant, on allait déchirer l'étoffe. De fait, plus elle était tirée et malmenée de part et d'autre du barreau métallique, plus elle semblait résister. C'était une jolie boucle d'un carré presque parfait, en métal doré lourd et résistant, qui lui avait tout de suite plu quand elle avait essayé le manteau. Un seul angle du carré n'était pas fermé et laissait une toute petite ouverture par où la boucle avait dû mordre au barreau métallique. Mais, tous les clients qui étaient encore sur place l'admettaient, c'était bizarre, comment par cette petite ouverture la boucle avait-elle pu s'encastrer sur le barreau qui était de toute évidence plus large que ne l'était l'ouverture elle-même, c'était sans doute parce que la dame était chargée (un grand sac de plastique qui contenait la poupée et le train électrique enveloppés dans des papiers cadeaux), en passant avec ce gros sac, elle avait dû frôler les barres, et voilà, quelquefois les choses arrivaient, on ne savait pas comment. Le signal de la fermeture avait retenti, les lumières s'étaient éteintes. Il était à présent dix-neuf heures quinze, le jeune homme s'affolait, suait à grosses gouttes. Heureusement, un chef passait, qu'est-ce qu'ils faisaient tous encore à cette heure-ci ? Il faisait sortir les derniers clients, qui abandonnaient la scène à regret — certains s'attardaient un peu devant la porte, avides de savoir comment tout cela allait se terminer. Le chef fit rallumer tout l'étage, simplement en criant l'ordre dans un petit récepteur qu'il avait sorti de la poche intérieure de sa veste. Les ouvriers, qui avaient travaillé tout l'après-midi à l'installation d'un circuit électrique, venaient de partir. Encore une chance que tous les magasins communiquent entre eux par le sous-sol, il suffisait, n'est-ce pas madame, on ne pouvait pas faire autrement, d'aller se servir au sous-sol du magasin 2, au rayon

Outillage, ce serait l'affaire de cinq minutes. Le jeune vigile remontait en courant avec des pinces, des tenailles et un chalumeau qui la faisaient frémir. Le chef choisissait sans hésiter une pince de taille moyenne et, en un tournemain, l'affaire fut réglée. Ancien OS, quinze ans de métier, ça s'oubliait pas tout de même, lançait le chef en brandissant avec fierté la pince dans sa main droite où manquaient deux doigts. La boucle dorée n'avait pas souffert d'avoir été forcée : c'était à peine si l'on distinguait, en regardant de très près, deux petits traits mats à l'horizontale, de chaque côté, sur chacune des faces. Il était dix-neuf heures quarante-sept. Le bus venait de passer, il disparaissait déjà à l'autre bout de la rue de la Monnaie.

LA place de l'Ecole donnait dans la rue de l'Arbre-Sec. De ce côté-là, il n'y avait pas de vitrines. C'étaient les coulisses. On réceptionnait les marchandises qui arrivaient dans de gros camions marqués du nom des fournisseurs. Tout le jour, le trafic n'arrêtait pas : des hommes s'interpellaient bruyamment et se jetaient des ballots à bout de bras. Sur les monte-charge en fer forgé poussiéreux, des inscriptions à demi effacées limitaient les chargements à mille ou deux mille kilos. Aucun client ne circulait dans cette rue, aussi la regardait-on avec curiosité quand elle l'empruntait, la bousculant : elle gênait, attention la petite dame, le gros poids lourd qu'elle voyait là-bas, il allait s'avancer jusque-là en marche arrière. Pour couper court, il suffisait de prendre l'autre trottoir, qui longeait l'église de Saint-Germain-l'Auxerrois ou revenir sur ses pas et se retrouver face à l'entrée principale du magasin 2, marcher encore, traverser les Galeries du Pont-Neuf et aboutir au magasin 3 où elle n'entrerait qu'en se raidissant de tout son corps. Comme elle évitait le magasin 3, dénommé jusqu'à une date récente « Sports et Loisirs », parce qu'il était funeste (en souvenir d'une scène du passé où Mme Martinaux et la malchance entraient pour une part égale, et qu'il faudrait raconter un jour, quand la blessure serait un peu moins vive), elle connaissait mal la hifi, radio-télévision, appareils ménagers, et le premier venu aurait pu sans peine la coller sur le sujet. Mais, juste avant la période des fêtes, on avait pris la décision, à brûle-pourpoint, de transférer l'électroménager au magasin 2 et elle avait dû faire l'apprentissage de tout un domaine étranger. Cela lui avait demandé deux fois six jours, mais il fallait reconnaître qu'elle y était parvenue avec les plus éclatantes marques de succès et était même en mesure, dès le troisième lundi qui suivit ce déménagement, de signaler au chef de rayon quelques manifestations d'incohérence dans l'agencement du rayon fours : au bout d'une allée, les plaques de cuisson électriques se trouvaient inexplicablement mélangées aux fours à micro-ondes tandis que, à plusieurs allées de distance, les fours électriques formaient un groupe bien homogène. Remontant du bout de ses chaussures un peu avachies jusqu'au col immaculé de son manteau beige, le regard du chef la toisa avant de prendre les mesures qui s'imposaient.

On avait tort d'affirmer que leurs réactions étaient à peu près imprévisibles. Soie, satin, taffetas et velours étaient, dans tous les cas, à bannir systématiquement car ils donnaient à croire qu'on était en mesure de tout acheter et, par voie de conséquence, déclenchaient l'impatience à court terme. A l'opposé, les matériaux dits de synthèse (nylon, courtelle, dralon, par exemple) engendraient un comportement de mépris presque automatique. Il en allait de même avec toute couleur un peu voyante, le rouge venant largement en tête, qui amenait des gestes mal contrôlés et des paroles inégales. Si la chose n'avait pas été clairement établie avec certains bleus (bleu roi, bleu outremer, bleu canard, bleu pétrole, bleu turquoise), le cas du rouge, en revanche, ne laissait pas la place au moindre doute. La laine grise, noire ou rose, toutes les couleurs pastel et le coton étaient à peu près inoffensifs. L'été dernier, en plein mois d'août, elle s'était même permis une robe plissé soleil à pois roses et blancs mais ce genre d'audace n'était sérieusement envisageable qu'en plein mois d'août, parce qu'enfin c'était l'été, les vendeurs étaient des saisonniers, des amateurs, pas des professionnels, et les acheteurs, il y en avait très peu, et, paradoxalement, quand il y a peu d'acheteurs, on les regarde avec moins d'acuité, faisant mine de les considérer comme des promeneurs qui seraient entrés là sans le vouloir vraiment, par quelque projet aveugle du hasard. De même, l'expérience menée sur de nombreux sujets vendeurs lui démontra avec sûreté qu'il fallait impérativement proscrire l'usage de tout accessoire encombrant ou excentrique susceptible d'attirer l'attention et de susciter un sentiment, quel qu'il soit (sympathie, intérêt, répulsion). Un sac à l'effigie du Magasin, une bourse, un réticule, un simple filet à provisions faisaient l'affaire, il était inutile et risqué de vouloir imposer autre chose.

L'affolement se faisait sentir dans tout le magasin.

Des équipes d'ouvriers, des techniciens, des électriciens se relayaient pour faire avancer le travail. Des paravents d'un seul tenant, en toile beige, tendus sur des supports métalliques au moyen de croisillons élastiques, cachaient les décors en préparation. Allez, les enfants, il est presque trois heures, il faudrait s'activer un peu : on s'attendait à une très forte demande, le lendemain, samedi, et on n'était pas prêts. Sans compter les décors qui n'étaient pas encore montés, tous ces fils électriques qui traînaient par terre, ces cordes et ces câbles, les enfants se prendront les pieds dedans. Alors tant pis, on travaillerait une partie de la nuit s'il le fallait. Sous la coupole, des paons faisaient la roue au pied de petits orangers bien garnis. La peinture bleu canard luisait, toute propre, sur les feuilles stylisées des rampes d'escalier. Il descendait les marches sans se presser : le même loden vert, la chair pâle, les lèvres minces. Autour de son cou, était nouée une écharpe rouge qu'elle n'avait pas remarquée la première fois. Il regardait dans sa direction mais ne sembla pas la voir. Il continuait à descendre droit sur elle. Ils se croisèrent à la hauteur de la septième marche : en se déjetant un peu sur la gauche, elle évita de justesse la collision. Faisant des efforts pour ne pas se retourner, elle gravit les vingt-trois marches qui la séparaient encore du niveau cinq, les comptant une à une à mi-voix. Elle sentit son dos libre de tout regard, il ne la suivait pas.

On pouvait avoir confiance : c'était toujours très spécialisé, pointu, professionnel. Au cinquième étage, justement, tout près des sets de table, des gants taillés dans une matière isolante, des maniques capitonnées, des huches à pain et des sacs à linge, le rayon Tabliers était bien approvisionné : tabliers en plastique, tabliers en tissu à enfiler par les manches, en vichy rose ou bleu, unis, avec des slogans humoristiques ou des proverbes, en nylon bordé d'une ganse à carreaux sur tout le pourtour, tabliers de devant, couvrant à peine la moitié du corps, tabliers immaculés de bouchers, d'écaillers, en toile bleue ou en lin brut. Sur la gauche, un peu en retrait, des rouleaux de bulgomme étagés sur des présentoirs offraient en plusieurs coloris des surfaces tatouées d'alvéoles qu'on avait envie de toucher du bout des doigts, comme des cicatrices. Les tabliers menaient directement aux torchons, pur coton, made in India, en toile métis, à motif bistro, en nids-d'abeilles, qui ouvraient eux-mêmes sur une petite sente conduisant à une porte à double battant, en verre fumé : « Grill-bar en service à partir de 11 heures 30 », « Salon de thé ouvert de 15 à 19 heures », « Bar de 10 heures à 19 heures ».

On ne distinguait rien à travers l'épaisseur du verre fumé, et quand on pénétrait à l'intérieur, il fallait attendre que les yeux s'habituent à la semi-obscurité du lieu. C'était une sorte de pub. A l'entrée, sur le mur de gauche, il y avait une flèche surmontée d'un pictogramme qui indiquait les toilettes. La salle s'étirait en longueur et débouchait sur un renflement qui menait au grill-bar, qu'on devinait percé de fenêtres laissant entrer la lumière. A intervalles réguliers, étaient fixées au sol des tables carrées avec des angles arrondis auprès desquelles stationnaient de hauts tabourets étiques dont certains étaient pourvus d'un dosseret chromé : quand on était parvenu à s'y asseoir d'une poussée de la pointe du pied, on s'y balançait comme sur un ressort. A droite, le comptoir occupait l'espace sur toute la longueur, jusqu'au renflement du grill-bar, de sorte qu'on ne pouvait s'empêcher de se demander par où s'étaient glissés la caissière et le barman pour se retrouver derrière le comptoir. Si on était intrigué par la chose, pour peu qu'on fût un peu attentif, on découvrait bientôt qu'une partie du comptoir se soulevait comme un volet, ménageant un accès aussi large qu'une porte. La caisse était juste à droite en entrant. C'était Janine qui tenait la caisse, debout. Elle avait une belle tête d'homme, légèrement écrasée. A l'autre bout, Albert accueillait les clients que Janine avait encaissés, leur réclamant le ticket, jetant un coup d'œil rapide sur celui-ci avant de le déchirer, pour s'assurer que le chiffre enregistré correspondait bien à ce que réclamait le client — Janine disait que certains payaient pour un café à cinq francs et, peut-être pas en songeant à mal, mais tout simplement parce qu'ils changeaient d'avis en franchissant les quelques mètres qui les menaient d'un côté du comptoir à l'autre, demandaient un chocolat chaud à huit francs... Quelle que soit la saison, elle portait un tee-shirt blanc à manches courtes, d'une blancheur irréprochable, repassé avec soin. Albert ressemblait à Charles Aznavour : tout le monde en plaisantait avec lui, de façon si naturelle que c'était comme parler de la météo ou de l'actualité en général. Il y avait souvent de la place, même le samedi, et le café n'était pas cher, pas comme à « La Pyramide », en face, où il coûtait dix francs. Mal à l'aise sur les tabourets trop hauts où elles avaient eu de la peine à se jucher, quelques femmes seules, entre deux âges, qu'on croisait là deux à trois fois la semaine, regardaient dans le vide. Comme elles étaient seules, elles avaient vite fait de réquisitionner presque toutes les tables. A la dernière encore vacante, la deuxième près du mur en entrant, vint s'installer un groupe de femmes et d'hommes néerlandais qui se mirent à discuter posément, tandis que l'un des responsables faisait la navette entre leur table et le comptoir, pour apporter des verres de Coca à tous. On avait alors le choix entre franchir la porte de verre fumé, passer devant le rayon des torchons et des tabliers pour tuer un peu de temps et revenir dans dix minutes, quand des places se seraient libérées, ou prendre son café au comptoir, à quelques centimètres d'Albert qui heurtait des tasses dans un bac d'eau savonneuse. Lui et Janine avaient fini par penser qu'elle devait travailler ici, dans un autre magasin, peut-être à la bonneterie, là on préférait des femmes d'expérience, ou dans les bureaux, là-haut au huitième, « au paradis » comme on avait l'habitude de dire. Albert posait avec gentillesse un café devant elle sur le comptoir : tiens, c'était vrai, on n'avait pas encore vu Mme Martinaux depuis ce matin, qu'est-ce qu'elle devait avoir comme travail avec les fêtes ! Les Néerlandais avaient fini leur Coca et le responsable qui parlait assez bien le français était revenu vers la caisse pour passer une nouvelle commande. Janine transmettait directement à Albert qui s'exécutait, une tasse dans chaque main. Les gestes étaient précis, rien d'inutile ne se faisait. A hauteur égale avec le pictogramme qui indiquait les toilettes, on lisait sur la porte : « Interdit de fumer au-delà de cette limite. » Le message devenait incompréhensible sitôt que s'ouvrait la porte, la moitié du texte, « Interdit de fumer... », restant sur celui des deux battants qui était fixe, tandis qu' « ... au-delà de cette limite » disparaissait sur le battant qu'un nouvel arrivant tirait à lui. Pourtant, la « limite » était clairement dessinée au sol par une bande blanche.

POSSÉDER ne l'ayant jamais viscéralement attirée, elle concevait mal que l'on pût songer à, désirer, brûler d'acquérir, et pour comble, en venir finalement à payer un objet qu'elle avait vu déballer de cartons ou de caisses, trier, étiqueter, mettre en rayon, déménager plusieurs fois. L'essentiel n'était pas tant d'acheter que de savoir, de se renseigner, d'être en mesure de comparer, d'avoir toutes les données en main pour le cas où. Car les arrivages, les fins de série, les ventes-flash, les soldes exceptionnels, les promotions-ventes à l'américaine, les rabais, les liquidations nécessitaient une présence soutenue, attentive, sans défaillance. Au début — cela ne lui arrivait presque plus, maintenant —, il lui venait le regret de ne pas avoir choisi un autre endroit, un autre décor. Car elle avait appris que des personnes, en tout point semblables à elle, à savoir assumant la même position et jouant le même rôle, jouissaient de leur lundi en toute liberté. Il fallait donc supposer que leur mardi équivalait à son lundi, leur mercredi à son mardi, leur jeudi à son mercredi, leur vendredi à son jeudi, leur samedi à son vendredi. Ce qui était consolant, c'était qu'au bout de cette semaine tronquée, leur dimanche devenait un appendice aussi ridicule qu'inutile. D'ailleurs, dès les premiers jours du mois de décembre, on avait su qu'ils resteraient tous ouverts les trois dimanches qui précéderaient Noël. Ici, on en avait aussi parlé, mais avec légèreté, sans fondement ni conviction, comme d'une chose dont on est sûr qu'elle ne peut avoir lieu. Ce jour de fermeture, elle en avait aussi imprescriptiblement besoin que de l'air qu'elle respirait (pas trop avidement, on ne savait jamais), il marquait toujours une parenthèse délicieuse : de la chair du dimanche se nourrissaient les autres jours de sa semaine.

Elle restait longtemps allongée, sans dormir, les jambes légèrement surélevées par un coussin. Vers midi, elle sortait prendre son déjeuner dans un café tout proche (le seul du quartier qui restât ouvert le dimanche). L'après-midi, elle mettait un peu d'ordre dans ses affaires et préparait ses vêtements pour la semaine suivante. Il faut dire, ainsi qu'elle l'avait très vite remarqué, que du soin apporté à sa tenue dépendait souvent le sort d'une journée tout entière. Quand elle aurait à sourire jusqu'aux gencives aux vendeurs qui feraient un écran de leur corps devant les marchandises, quand ils l'interpelleraient, amènes, d'un rayon à l'autre, quand ils la laisseraient en paix. Car leurs réactions étaient à peu près imprévisibles, variant du mépris le plus cru à l'onction la plus éhontée, dans un rapport proportionnel à l'intensité des vêtements de l'acheteur. C'est ainsi qu'ils réagissaient mal au rouge qui les rendait incertains et évasifs, quelquefois même carrément hargneux. De là qu'elle évitait avec tant de zèle de porter son tailleur rouge, réservé désormais aux seuls dimanches.

La lecture des journaux gratuits qu'elle accumulait au long de la semaine venait se placer au creux de l'après-midi : deux d'entre eux étaient distribués le mardi devant les portes de certaines boulangeries par l'entremise de présentoirs jumeaux en fer fileté, et il fallait faire vite car, souvent, l'un des deux était manquant dès le mercredi matin ; les deux autres étaient déposés directement dans la boîte aux lettres le matin du jeudi ou du vendredi. De tous, elle détachait aussitôt le livret intérieur, de format plus petit, où étaient consignés les programmes de télévision de la semaine à venir, qu'elle jetait, à la suite de quoi elle classait les quatre numéros par date de publication. Elle ne s'en débarrasserait pas avant de les avoir tous lus, de la première à la dernière ligne. Leurs pages étaient bien pleines, chargées d'informations de toutes sortes qui émergeaient de petits cadres aux fonds vifs. Il y était surtout question de prix et de numéros de téléphone. Par un effet de réduction magique, tout se résolvait en chiffres : quelqu'un vendait un piano ancien avec bougeoirs, prix à débattre. Florance, médium réputée, proposait un tarot à 200 F la première séance. Johanne, 25 ans, dispensait en échange de 150 F sa méthode anglaise et allemande. Un ancien mannequin qui avait pris 10 kilos en 18 mois cédait sa garde-robe à des prix imbattables. Le Centre national du cheveu garantissait contre la chute brutale moyennant un traitement laser par paiements échelonnés. Un jeune homme métis clair, franco-camerounais, qui vivait avec sa mère, 74 ans, maladie d'Alzheimer, cherchait une jeune fille saine de 1,70 à 1,80 mètre. 3615 AUTRUI invitait à briser la chaîne infernale de la solitude en pressant les touches d'un clavier. En deuxième page, un beau cheval de course galopait en couleurs, suivi de près par la photographie de deux caniches nains à adopter. Quelqu'un achetait comptant des bijoux et de l'or dentaire. On recherchait des personnes migraineuses pour fonder association à but non lucratif. On vendait un aquarium de 220 litres, cause décès. Quand elle avait fini sa lecture, la nuit tombait déjà, elle dînait d'un plat surgelé et se couchait tôt.

Le dimanche était aussi le jour où son fils lui téléphonait pour savoir comment elle allait, si elle ne se laissait pas trop aller, où elle avait bien pu aller tous ces jours-ci, si elle allait enfin accepter de déjeuner avec lui. Elle avait beau aimer la musique de la répétition, trouver qu'elle épuisait l'idée française qui était quelquefois d'une complexité telle qu'on ne pouvait raisonnablement espérer la cerner par un mot unique, tout de même, comme il y allait... Elle répondait d'un seul « oui » à toutes les questions, et elle raccrochait, soulagée. Mais quand, le mardi touchant à sa fin, elle réalisait que son mercredi serait sectionné en deux morceaux par un déjeuner qui, dans le meilleur des cas, allait durer une heure trente à deux heures, elle décrochait le téléphone pour se décommander sans fournir d'explication précise. Des horaires assez rigides (9 h 30-19 h + deux nocturnes jusqu'à 20 h 30, avec seulement trois quarts d'heure de pause quotidienne) et un petit dimanche pour réparer ses forces : aucun élément parasite ne pouvait s'immiscer entre les mailles serrées de son emploi du temps.

PLUS l'heure de la fermeture s'avançait, plus la tension montait. A vingt heures trente, alors qu'elle se dirigeait vers la sortie après que la sonnerie eut retenti, elle observait sur son passage que les ouvriers s'affairaient encore : au rez-de-chaussée, à l'entrée principale qui donnait sur le Pont-Neuf, on avait terminé le montage de « la maison autrichienne à l'heure de Noël » mais on butait encore sur l'éclairage intérieur. Quelque chose n'allait pas dans le circuit électrique. Mme Martinaux admonestait les ouvriers puis s'engouffrait de nouveau dans la minuscule demeure pour voir si ça marchait. A son passage, elle lui faisait quand même un petit signe de la main et poussait un gros soupir qui en disait long. Pourtant, le lendemain fut un samedi ordinaire, presque calme, qui ne donnait pas raison à toute cette fièvre désordonnée qu'on avait connue en fin de semaine.

Après la fermeture — c'était quelquefois tard, comme ce soir, puisqu'il avait fallu attendre la fin de la nocturne —, elle tournait un peu dans les rues avoisinantes avant de se résoudre à rentrer, savourant à son aise la joie de la journée accomplie, achevée, menée à bien, réalisée pour le mieux. Le métro tanguait comme une coque vide. Des publicités affichées aux murs de presque toutes les stations parlaient encore d'elle, incitant par des offres alléchantes à venir la voir, à venir se rendre compte : ainsi, jusqu'à la maison, leurs liens se maintenaient, intacts.

Certains prétendaient que c'était un endroit ridicule et vieillot que plus personne ne fréquentait. D'autres critères étaient forcément entrés en ligne de compte pour déterminer son choix : le nombre des magasins, par exemple. Quatre n'était pas un chiffre spécialement harmonieux, pourtant, si l'on faisait abstraction du magasin qui portait malheur (le magasin numéro 3, précisément), il restait en compétition trois magasins, et le chiffre 3 était sans nul doute sacré, plein de surprises et ouvert à tous les espoirs (trinité-triade-triage-tribu-trigonométrie-tricot-triomphe). Mais, il faut bien le reconnaître, cette topographie incompréhensible irritait, mettait hors de soi dans un premier moment. Ensuite, au fur et à mesure qu'on était initié, on revenait tout doucement sur son impression du début et, finalement, lorsqu'on était parvenu à en maîtriser les ficelles les plus grossières, on se réjouissait presque de cet espace difficile à appréhender, comme d'un critère de sélection naturelle qui protégerait de la foule et des gens trop pressés. Ainsi, on ne pouvait accéder directement au cinquième étage par l'ascenseur qui s'offrait au rez-de-chaussée du magasin principal. Il fallait s'arrêter au quatrième, traverser des enfilades de chaises, canapés, paravents, lits et draperies de décoration sans se laisser distraire, jusqu'à trouver l'escalator central qui conduisait au cinquième. Si l'on voulait se rendre directement au cinquième sans l'entremise du quatrième, il valait mieux continuer jusqu'au fond du magasin pour rejoindre l'escalator qui partait du rez-de-chaussée : au bout du compte, on gagnait forcément du temps. Et il n'y avait pas que ça. Les quatre magasins communiquaient entre eux par le sous-sol. Par exemple, si l'on souhaitait se rendre du rayon Animalerie où, chaque mercredi, venaient s'agglutiner des grappes d'enfants, au premier étage du magasin 2 Mode femmes-Lingerie, au lieu de ressortir pour longer la rue du Pont-Neuf, traverser la rue de la Monnaie, s'engager dans le magasin 2 et prendre l'escalator, l'ascenseur ou l'escalier, pour émerger enfin au milieu des soutiens-gorge, gaines, panties de contention, porte-jarretelles, bas de maintien, il aurait suffi de quitter le magasin 3 — celui qui portait malheur — en gagnant son sous-sol, Montagne-Escalade-Randonnée, qui, à la pratique, se révélait loin d'être inintéressant (ne serait-ce que par la variété de cordages, pitons, pics et piolets de toutes tailles qu'il proposait), traverser le sous-sol du magasin 1 dont le contenu variait sans cesse (en ce moment, c'était une foire à 10 F où l'on trouvait beaucoup d'objets inutiles, mais il y a deux mois des brocanteurs s'étaient installés), descendre un petit escalier de quatre marches en bois qui amplifiait le bruit des pas, franchir le rayon Alimentation du sous-sol du magasin 4, en faisant jouer le tourniquet de sortie, parvenir au niveau moins 1 du magasin 2 (qui était lui-même en accès direct avec le métro et le parking souterrain) et émerger finalement au milieu des sous-vêtements à chaleur tribo-électrique, des soutiens-gorge, etc. Cela n'avait l'air de rien, mais quand on l'avait compris, on gagnait là aussi un temps considérable.

Le jour qui suivit ce samedi qui, contre toute attente, se révéla un jour ordinaire, fut un dimanche long et sans attraits. Contrairement à son habitude, son fils ne téléphona pas. Elle n'appela pas non plus, quoiqu'elle se sentît vaguement coupable : le dimanche précédent, pour ne pas se mettre dans le cas d'avoir à le rappeler le mardi soir, quand elle réaliserait que son mercredi allait être sectionné en deux tronçons irréconciliables, elle avait préféré prendre les devants et refuser tout net de déjeuner avec lui. Il se sera vexé. Ou alors ils étaient partis à la campagne, chez leurs amis, comment il les appelait déjà, les Rignot, Régnot, ou quelque chose comme ça, mais sûrement pas écrit avec -ot à la fin. Beaucoup d'occupations, avec l'approche des fêtes, tous ces cadeaux, ces courses, les visites. Peut-être qu'il comprenait, qu'il hochait la tête en signe d'assentiment, en tout cas, cela faisait un drôle de silence à l'autre bout du fil, une espèce de trou mat où s'engloutissaient les excuses qu'elle avançait. S'ils étaient partis à la campagne, il y avait des chances pour qu'au retour, avant de prendre l'autoroute du Nord, ils décident d'entrer dans Paris pour passer la voir à l'improviste, toute la famille. Cela supposerait qu'ils soient partis de la campagne suffisamment tôt (son fils n'aimait pas conduire de nuit) et qu'ils n'aient pas trouvé trop d'affluence sur la route. En gros, on devrait être fixé vers quatre heures, cinq heures, cinq heures et demie au maximum. Au-delà, il n'y aurait plus rien à espérer.

Comme on approchait de la fin de l'année, il faudrait bien se résoudre à le faire un dimanche ou l'autre. Autant s'y mettre tout de suite. On accumulait, on accumulait, les placards se chargeaient d'ensevelir tout ce qu'on leur confiait. On n'y pensait plus et puis un jour, en vérifiant avec des lunettes le fond de la boîte, on se rendait compte que la date était dépassée. Juchée sur un petit escabeau à trois marches, elle vida consciencieusement les placards. D'abord, elle posait les conserves sur la tablette en haut de l'escabeau, puis, quand la tablette fut pleine, elle redescendit les trois marches et transporta les conserves sur la table de la cuisine. Elle n'avait pas vidé les placards de la moitié de leur contenu que la table de la cuisine était déjà pleine. Le reste fut réparti sur la machine à laver et sur la cuisinière dont elle avait rabattu le couvercle. Au bout du compte, il apparut que pas moins de sept boîtes menaçaient d'atteindre leur date de péremption à la fin de cette année : deux boîtes de thon au naturel, une boîte de petits pois et jeunes carottes, une grosse boîte de lentilles préparées, une boîte de pilchards, une boîte familiale de macédoine de fruits, et une boîte de litchis achetée lors de la dernière « Expo Chine » qu'avait organisée le Magasin. Mélangées au pot de fromage blanc qui était au frigo, la boîte de macédoine et celle de litchis feraient la joie des enfants au goûter. Au dernier moment, on pourrait compléter avec deux cent cinquante grammes de petits fours secs pris à la boulangerie qui restait ouverte sur le boulevard. Peut-être même que sa belle-fille en voudrait, elle était plutôt gourmande. Les cinq autres boîtes furent rangées en deux lignes inégales dans le placard le plus en vue, pour qu'on n'oubliât pas de les consommer avant les autres. Juste derrière, un peu en retrait des cinq boîtes prioritaires, elle dressa un rempart de packs de lait qu'elle ne boirait pas mais qu'il fallait toujours avoir en cas, dont la date tamponnée sur le flanc annonçait une échéance encore lointaine, du lait longue *conversation* : mais on n'en était pas moins seul. Tous les placards, avant d'être rechargés, étaient nettoyés de fond en comble, à l'intérieur comme à l'extérieur. A 15 heures, elle n'avait pas encore pris son déjeuner mais elle avait la satisfaction de constater que tout était en ordre, il ne restait qu'à descendre le sac où elle avait jeté les conserves définitivement périmées et les pots où la moisissure affleurait : son fils accepterait sans doute de le faire, ou l'un des enfants, quand ils repartiraient. Pendant que chauffait l'eau qu'elle verserait sur son potage instantané, elle s'habillait, se maquillait légèrement, avant de procéder à la lecture des gratuits. Depuis le matin, elle n'avait pas soufflé une minute, ce serait bon de s'allonger un instant sur le canapé, en gardant la porte du couloir ouverte pour ne pas manquer le coup de sonnette. Quand elle se réveilla, la pièce était dans l'obscurité, des lumières s'allumaient les unes après les autres chez les voisins des immeubles d'en face, il devait être sept heures et demie.

C'ÉTAIT une histoire un peu compliquée. Evelyne Martinaux consentait de bonne grâce à lui en faire le récit mais pas maintenant, la semaine démarrait sur les chapeaux de roues, on l'attendait au deuxième étage, en plus, la petite qui travaillait avec elle était d'une lenteur effrayante, pas sûr qu'elle aurait terminé l'étiquetage qu'elle lui avait confié depuis le matin, pleine de bonne volonté mais il fallait sans cesse la secouer. C'était une histoire assez compliquée de marraine de guerre et de temps qui passe, prévenait-elle à nouveau, qu'elle voulait bien raconter depuis le début pourtant, à supposer qu'il n'y ait pas trop de travail.

Ce lundi-là, quelque chose n'était pas normal. C'était sans doute parce que Noël était proche, l'air était d'une qualité particulière, comme chargé d'un mystère nouveau.

Le mardi, en passant avec souplesse du magasin 1 au magasin 2 (pas par le sous-sol mais par la rue de la Monnaie), se frayant un chemin entre les groupes amassés devant les étalages des camelots — pour les fêtes, Georges avait reçu un lot d'écharpes en soie colorées qui partaient comme des petits pains ; dès le premier jour, il lui en avait réservé une, très fleurie, d'inspiration un peu impressionniste, qu'elle arborait autour du cou depuis la veille —, elle calculait que Noël tomberait cette année un dimanche. C'était tant mieux. A supposer que ce fût ne serait-ce qu'un samedi, par exemple, dès le vendredi il faudrait avoir tout prévu et, par-dessus le marché, supporter deux jours de désœuvrement. Ainsi, jusqu'au 24, on pourrait remettre les tracasseries de l'achat au lendemain. Elle en était à ce point de ses réflexions quand elle attrapait, hop, une marche de l'escalator. L'homme se collait encore à elle, immobile. Elle sentit son corps se presser sur le sien avec une insistance particulière. Parvenue près du cordon des vendeuses, elle se retournait : il était derrière elle, son ombre fondue dans la sienne. C'était un autre homme, il portait des vêtements distincts, mais par différents signes, l'expression de son regard, de son visage en général, il rappelait l'autre, comme s'ils avaient été frères ou cousins germains. Avant de détourner la tête, elle avait encore le temps de s'apercevoir avec horreur qu'il tendait une main dans sa direction, comme pour atteindre sa main à elle, la serrer peut-être, ou lui tendre quelque chose. L'observation de ce mardi venait à point nommé confirmer et mettre un nom sur l'impression floue de malaise qu'elle ressentait depuis la veille.

Sans un seul regard autour d'elle, elle grimpait automatiquement jusqu'au cinquième, poussait la porte en verre fumé et entrait : deux pompiers, un talkie-walkie accroché à la ceinture dans leur dos, grillaient une cigarette, assis au bar. Ils discutaient. Janine lavait des tasses sans lever la tête sur eux. Albert, aujourd'hui, servait en salle, au grill-bar. Ce n'était pas ouvert, il était encore trop tôt, mais on sentait déjà une sorte d'impatience qui s'emparait des clients âgés : ils se levaient, faisaient quelques pas, allaient lire le menu, revenaient l'air pas mécontent, énonçaient des plats à la personne restée assise qui les accompagnait, se rasseyaient : ils ne vont pas tarder à ouvrir. Au fond, on voyait s'affairer la silhouette maigre d'Albert. Il mettait la table avec l'aide d'une jeune fille qui, de loin, ressemblait à une femme de chambre d'opérette. Pour la période des fêtes, au bar, on avait embauché un jeune homme blond, très déférent, qui servait la clientèle avec cérémonie. Il agaçait un peu Janine qui le singeait ouvertement et lui faisait des remontrances assez dures. De temps à autre, quand il n'y avait pas trop de monde, elle insistait pour inverser les rôles : c'était le jeune homme qui restait debout devant la caisse et elle se plaçait à l'autre bout, pour distribuer les consommations. Du côté opposé à la caisse, à même le comptoir, on avait dressé un petit sapin artificiel décoré de nœuds rouges et de pommes toutes luisantes. A côté du menu du jour, inscrit sur une grande ardoise posée par terre, il y avait un autre sapin, plus opulent. Albert fit une apparition dans le bar, juste le temps de chuchoter quelques mots à l'oreille de Janine qui partit d'un grand rire. Le jeune homme, immobile devant la caisse, regardait le bout des ongles de sa main droite.

Quand elle sortait de derrière le comptoir pour débarrasser et essuyer les tables, on pouvait la détailler tout entière. Janine était maigre, elle portait une jupe noire qui laissait ses genoux à découvert. Dans les mouvements précipités qu'elle décrivait pour astiquer les tables où s'incrustaient des ronds de café, la chaîne en or qu'elle portait autour du cou se déplaçait vers l'arrière, faisant pendre la médaille presque sur l'épaule. On voyait les marques de son soutien-gorge à travers son tee-shirt. Dès que ça commençait à être la cohue, elle reprenait sa place à la caisse et le jeune homme son sourire déférent face à la clientèle. Pendant le déjeuner, c'était quelquefois deux heures pénibles à tuer. Le bar s'emplissait de bruit. Au-delà de midi un quart, c'était difficilement supportable, le bar devenait un lieu de passage, la salle d'attente, l'antichambre du grill-bar. Ce flottement se répercutait dans le magasin tout entier sur lequel l'heure avait aussi un effet désastreux. Certaines caisses fermaient brusquement, alors que des gens faisaient la queue, et il fallait se rendre à un autre rayon, parcourir souvent plusieurs centaines de mètres pour trouver où se faire encaisser, à qui poser une question. Mais aujourd'hui, ce ne serait pas le cas : elle déjeunait avec Mme Martinaux au grill-bar, rendez-vous douze heures précises au bar. Son voisin, un vieux monsieur un peu voûté, était en train de réciter le menu à sa compagne qui l'écoutait distraitement. Dans la formule à cinquante-neuf francs, il ne se souvenait plus, il avait un trou, il se levait, retournait consulter la grande ardoise près du sapin et revenait vers sa compagne qui ne semblait toujours pas l'entendre. Des paupiettes ? Tant pis... C'est vrai qu'avec Mme Martinaux, il y aurait toujours moyen de s'arranger pour avoir quelque chose en remplacement, elle connaissait du monde aux cuisines.

Le grill-bar en forme de L avait vue sur les berges de la Seine. Il y avait une lumière sublime. Mme Martinaux avait réservé une table, la sienne. Elle non plus ne raffolait pas des paupiettes : un steak-frites, ou non, salade, à cause de la ligne, avec une crème dessert après, ça irait vite, non pas d'entrée, elle était un peu pressée, mais pas d'affolement, on avait quand même une bonne heure devant soi. Le garçon disparaissait avec la commande. Tout en écoutant Mme Martinaux détailler les problèmes qu'on aurait encore à affronter d'ici les fêtes, elle pensait avec satisfaction que, son fils n'ayant pas donné signe de vie depuis le week-end, ni d'ailleurs depuis le coup de téléphone où elle s'excusait, elle ne déjeunerait pas avec lui, cela allait faire juste dix jours ce soir, et il y avait eu un vide, un abîme à l'autre bout de la ligne, le lendemain elle aurait tout son mercredi, deux déjeuners coup sur coup, ce n'était pas envisageable, c'est ce que disait Evelyne Martinaux, demain elle ferait journée continue pour s'avancer un peu avant la fin de la semaine, ce samedi on aurait sans doute l'affluence qu'on avait eu tort de prévoir déjà pour samedi dernier.

« ERNEST COGNACQ, à force de volonté, de travail et de privations, a obligé la vie à lui devenir favorable » : c'était une magnifique leçon que peu de monde lisait car rares étaient les clients qui venaient s'échouer au neuvième étage. S'ils montaient jusque-là, c'était pendant la belle saison pour rejoindre la terrasse qui faisait restaurant et salon de thé. Le reste de l'année, ils étaient à la recherche des toilettes dont l'accès était strictement réservé à la clientèle et, quand ils ressortaient en s'essuyant les mains que l'air chaud craché par une petite bouche ronde chromée n'avait pas rendues parfaitement sèches, ils jetaient à peine un coup d'œil distrait sur le destin exemplaire d'Ernest Cognacq, tronçonné en douze tableaux, des petits cadres avec un effet de profondeur, dont le verre faisait loupe. Ils pouvaient aussi être à la recherche de la table d'orientation, à laquelle on accédait par un escalier en colimaçon qui lui donnait le tournis. En ce cas, c'étaient plutôt des étrangers, des provinciaux, ils arrondissaient la bouche en découvrant le point de vue. Ils glissaient des pièces dans le lourd périscope qu'ils faisaient pivoter sur sa base. Ils tenaient à bout de bras, ils hissaient jusqu'à la lorgnette de petits enfants qui poussaient des exclamations de joie.

Les peintres qui travaillaient là, tous les jours, sauf le samedi, de dix heures à dix-sept heures, continuaient à scruter l'horizon sans les voir, écrasant des tubes de couleurs sur les palettes. Par tous les temps, ils portaient de grands cache-poussière bruns qui devaient leur servir à la fois de blouses et de manteaux. Chaque matin, à dix heures moins cinq, l'un après l'autre, on les voyait traverser le rez-de-chaussée pour gagner l'ascenseur, avec tout leur matériel : une boîte de couleurs, des toiles de différents formats enveloppées dans un papier kraft barré par une ficelle d'une nuance plus claire, un chevalet, un pliant. Les vendeuses les aimaient bien : tiens voilà les Jap, disait l'une d'entre elles, déjà dix heures moins cinq ! Mme Martinaux racontait qu'ils venaient tous deux de la même ville au Japon, un port, un coin minuscule, ils se connaissaient, mais ils ne s'adressaient jamais la parole, c'étaient comme deux frères ennemis. Il y a trois ans, ils avaient déposé une demande auprès de la direction du Magasin pour avoir le droit de s'installer là-haut, le responsable Etranger avait été un peu dérouté, il en avait parlé en conseil d'administration. Finalement, la direction avait accepté. Ils faisaient des tableaux, des aquarelles ou des huiles, selon l'époque de l'année, qu'ils envoyaient au Japon. Comme on y voyait ensemble tous les monuments de Paris, il paraît que là-bas ça se vendait très bien. Ils gagnaient beaucoup d'argent, ils vivaient dans les beaux quartiers. Deux Anglais les complimentèrent l'un après l'autre pour l'exactitude de leur trait. Ils inclinèrent doucement leur menton contre leur poitrine et se remirent au travail, sans avoir échangé un seul regard entre eux. Quand on comparait les œuvres auxquelles chacun travaillait dans son coin, sans jamais jeter un coup d'œil sur celle de l'autre, on était frappé de constater à quel point elles étaient identiques. Bien sûr, on pouvait penser que c'était dû en partie à l'identité du sujet, mais ce n'était pas la seule raison : la similitude de leur technique, de leurs choix dans l'utilisation des couleurs, la recherche de leur trait étaient troublantes. Leur toile était avancée aux deux tiers, encore trois heures de lumière, ce ne serait sans doute pas suffisant, surtout s'il y avait d'autres touristes qui montaient. Autour d'eux, piqués sur les toits des autres magasins, au premier et au second plan, flottaient des petits drapeaux rouges pointus comme des langues qui criaient « Samar », « Samar ».

Les trois jours qui suivirent, il ne se passa pratiquement rien. Mme Martinaux resta mystérieusement invisible, même au bar on ne l'avait pas vue. Le mercredi après-midi, pourtant, une vendeuse avait éclaté en sanglots dans le magasin 1, elle avait couru prendre son sac à main enfermé dans le petit placard au bas du comptoir, et elle était partie en courant, laissant le rayon de jouets dont elle était responsable sans surveillance. On ne savait pas exactement ce qui avait pu se produire, mais en mettant bout à bout des bribes d'information apportées par les autres vendeuses de l'étage, on reconstituait une version qui n'était pas dépourvue d'incohérence. Depuis deux ou trois semaines, chaque mercredi, au début de l'après-midi, une femme déposait ses enfants — quatre ou cinq, les avis des vendeuses divergeaient — au rayon des jouets. Ils passaient leur après-midi à essayer les nouveaux modèles de trains électriques, à bercer des poupées qu'ils couchaient aussi dans de petits landaus qu'ils faisaient circuler sur tout l'étage. La mère revenait les prendre vers cinq heures, cinq heures et demie, elle les rassemblait et leur distribuait un goûter. Au début, la vendeuse n'avait rien osé dire, les enfants mettaient beaucoup de désordre mais ils étaient si mignons. Mais la troisième fois, ce mercredi donc, comme la mère s'apprêtait à disparaître, happée par l'escalier mécanique, la vendeuse l'avait retenue par la manche, en lui désignant du doigt sa progéniture qu'elle laissait derrière elle. La mère avait dégagé son bras d'un coup sec et toisé la vendeuse. Celle-ci lui expliqua calmement qu'on n'était pas une garderie : ils touchaient à tout, après la marchandise était invendable, qui voudrait d'une poupée à la robe blanchie de morve, à la coiffure défaite, au manteau privé de boutons ? Si la mère les laissait encore aujourd'hui, on aviserait la direction, dernier avertissement. Pour toute réponse, l'autre l'avait giflée et s'était engouffrée dans l'escalier mécanique. C'était à ce moment-là qu'on avait vu la vendeuse traverser les rayons en courant, la main appliquée sur la joue qui avait reçu la gifle, s'emparer de son sac, et disparaître à son tour par l'escalier mécanique. On ne savait rien de plus. Les autres vendeuses de l'étage avaient assuré une permanence sur son rayon, à tour de rôle. Un peu plus tard qu'à l'ordinaire, la mère était venue chercher ses enfants. Le jeudi, on avait mis une femme âgée à la place de la jeune vendeuse. A l'occasion, il faudrait penser à demander à Evelyne Martinaux d'autres informations, si elle était au courant.

Il y avait tellement peu à faire qu'elle en profitait pour se rendre au rayon Librairie du magasin 4 qui bénéficiait d'un nouvel agencement qui, selon elle, améliorait considérablement le confort de l'acheteur. Debout, adossée à un étalage métallique qui chancelait quand on le pressait un peu fort, elle lisait le dernier prix Goncourt. On en avait beaucoup parlé au Magasin. C'était un gros livre, aux caractères ramassés sur la surface de la page, et elle n'avait pas trop de trois jours entiers pour parvenir jusqu'au bout. Cependant, dès le jeudi matin, la vendeuse-librairie venait à elle avec un air compréhensif et lui offrait une chaise. Heureusement, car le samedi se révéla tel que l'avait prédit Mme Martinaux. Toute la journée, il fallut sans trêve procéder à la reconstitution de familles éparpillées afin de maintenir un semblant d'ordre et d'harmonie. Rester en éveil, mener des rondes fréquentes, ne pas perdre le fil, chercher à savoir ce que les autres achetaient, ce dont ils reconnaissaient l'imprescriptible utilité, à quelle heure et après combien de temps de réflexion ils se décidaient à l'emporter, quelle était l'exacte nature de cette expression empreinte sur leur visage, au moment où ils prenaient la direction de la caisse. Et il y avait encore ceux auxquels on se devait, quand même, de venir en aide, parce qu'ils faisaient pitié, parce qu'ils étaient trop désemparés ou trop modestes pour avoir l'audace d'interpeller la vendeuse qui stationnait à plusieurs mètres de distance et entamer un dialogue gênant avec elle ; parce qu'il fallait bien leur indiquer l'emplacement de ce rayon qu'ils auraient tant aimé découvrir par leurs propres moyens, les informer à tout hasard que le même article existait encore à son ancien prix au sous-sol du magasin 2, et qu'on regardait prendre la fuite, décontenancés, reconnaissants, pour les voir revenir, cinq à dix minutes plus tard jusqu'ici, jusqu'à cette vendeuse assise qui n'avait pas de badge, sûrement une chef, pour lui demander avec précipitation quel escalier il valait mieux emprunter, quelle sortie menait le plus directement au magasin 2, pour se faire rabrouer sans égards, parce que, tout de même, il ne fallait pas exagérer.

Pourtant, même cette journée et celles, harassantes, qui allaient lui ressembler au fur et à mesure qu'on approcherait de Noël connurent des creux, des trous, des vides, des espaces et des blancs, où elle put lever les yeux pour suivre les arabesques de la rosace centrale du plafond et, la tête renversée en arrière, épeler en les détachant avec soin toutes les lettres qui composaient son nom, séparées les unes des autres par une fleur bleue.

« PRIÈRE de conserver ce ticket » était-il écrit en lettres violettes légèrement délavées, avant les colonnes de chiffres, juste sous la date et l'heure. C'était facile à dire, mais pendant combien de temps ? La chose avait été laissée à l'appréciation de chacun ; pour elle, c'était tranché une fois pour toutes : les tickets de caisse étaient rassemblés et conservés durant la semaine mais ne survivaient jamais au-delà du week-end. D'ailleurs, c'était une des fonctions aussi du dimanche, généralement dévolue à la fin de l'après-midi, que de se débarrasser des tickets usagés. Au début, comme les journées lui semblaient très longues, elle les ponctuait d'une constellation de petits achats qui ne tiraient pas à conséquence : une paire de bas en lycra, un lot de bougies pour le Noël prochain, une boîte de cirage, un napperon soldé, une capuche de pluie qui se repliait dans son étui en plastique souple de couleur. A chaque achat, on lui remettait un sac qu'il devenait naturel et facile de promener dans tout le magasin. Ils donnaient une contenance, ils apportaient une justification qui faisait mouche auprès de tous les vendeurs, même les plus méfiants. Tout était devenu plus compliqué lorsqu'elle avait pris la décision de mettre un terme à ce type d'achats. En effet, l'inventaire d'un dimanche ayant clairement établi qu'elle se trouvait à présent à la tête d'un véritable fonds de commerce de bas tout neufs — dont certains n'étaient même pas à sa taille —, de lots de bougies pour les dix Noëls à venir, et que toutes les nuances existantes de cirage, elle les possédait, serrées en ligne sur une étagère du placard à chaussures. En plus, ces petits achats, ajoutés les uns aux autres, au bout de la semaine, cela commençait à chiffrer ! Le mieux était donc, pour continuer à donner le change et éviter d'attirer trop de regards, de faire usage des sacs qui s'étaient accumulés chez elle au cours des derniers mois. Toutefois, après avoir été promenés par tout le magasin durant plusieurs jours — en dépit du soin qu'on prenait à ne jamais leur infliger de poids excessif —, ils donnaient des signes de fatigue. C'étaient les poignées qui se fendillaient et lâchaient les premières. Il fallait alors se résoudre à les jeter. A ce train-là, la réserve ne durerait pas longtemps. Pour en acquérir de nouveaux, il fallait racheter d'autres choses, pas trop petites si possible, puisque les sacs, en papier cristal gris qui portait l'effigie du Magasin, étaient naturellement attribués à la proportion de l'achat : un grand sac pour un grand objet, un petit sac pour un petit. Quand l'objet était très petit, certaines vendeuses, celles-là n'avaient pas d'égards pour le client et ne restaient jamais longtemps au Magasin, allaient jusqu'à coller sans gêne directement le ticket de caisse sur l'objet en question à l'aide d'un ruban adhésif. D'autres, observant que le client était déjà en possession d'un sac qu'on lui avait remis à l'issue d'un autre achat, jugeant sans doute superflue l'attribution d'un second sac, lui remettaient l'objet puis le ticket de caisse en le regardant droit dans les yeux afin de lui ôter tout désir de contestation. Il était arrivé aussi que l'on accordât un grand sac pour un objet qui n'en méritait qu'un petit — mais plus rarement, certes.

Le téléphone sonna un peu après dix-huit heures. C'était son fils. Il rentrait d'Asie du Sud-Est. Là-bas, il avait eu chaud, il avait eu des diarrhées, il était tombé malade presque tout de suite en arrivant. Il laissait tout reposer sur les épaules de Michel en qui il avait toute confiance et ils partaient quelques jours faire du ski, les enfants aussi étaient crevés. S'il y avait beaucoup de neige, ils resteraient un peu, sinon ils seraient rentrés pour Noël.

On connut l'affolement de la dernière semaine. Comme les grèves avaient empêché les gens d'acheter leurs cadeaux à l'avance, ils voulurent rattraper le temps perdu. Deux fois, elle croisa par hasard Mme Martinaux : vivement que ça soit terminé, la semaine prochaine déjà on soufflerait. Elle discutait avec Janine. Non, au bar, c'était plutôt calme, à part à l'heure du déjeuner, bien sûr. La deuxième fois, toujours au bar, elle répondait aux questions que Janine lui posait sur la jeune vendeuse du rayon Jouets. Janine ne devait pas voir qui c'était, elle était timide, pour rien au monde elle ne serait montée au bar, seule ou avec une collègue. Justement, le chef du personnel avait reçu la veille le rapport du médecin du travail : stress de la vendeuse, c'était son diagnostic. On lui avait donné quelques jours, elle reprendrait après les fêtes.

La disparition brutale d'un vendeur qui lui était devenu proche, avec qui, après des débuts difficiles et méfiants, elle avait su échanger des marques de familiarité, l'accablait toujours de la même manière. Elle évitait soigneusement de fréquenter ce rayon jusqu'à ce que le ou la nouvelle venue fût mise au courant, dégrossie, rassurée, et qu'on pût espérer d'elle une réponse cohérente si on venait à lui poser quelque question précise.

Au cours de toute cette semaine qui précéda Noël, ni le premier homme, ni l'autre, celui qu'elle avait vu en dernier et qui avait eu l'air d'avancer sa main vers elle, ne se manifestèrent. Peut-être qu'en la voyant si peu disposée à répondre à son geste, il avait pris la décision de renoncer et il avait réussi à convaincre l'autre, le premier, qui semblait pourtant si sûr de lui, de renoncer aussi, mais à quoi ? Pour être tout à fait exacte, le samedi 24, soit le jour même du réveillon, au cœur de l'après-midi, alors qu'elle prêtait assistance à une famille qui cherchait à acquérir pour ses différents membres des bottillons fourrés dans le dessein de partir à la montagne, quand elle avait relevé la tête, elle avait cru voir un loden vert sur lequel glissait un pan d'écharpe rouge, quitter le rayon des Chaussures-Hommes pour aborder la gadgeterie. Mais cela s'était passé tellement vite, il y avait tant de gens vêtus de toutes les couleurs qui circulaient dans des directions opposées, qu'elle n'en était plus très sûre.

La soirée et le lendemain s'écoulèrent, semblables à tous les autres. Personne ne téléphona : il devait y avoir beaucoup de neige.

QUAND elle avait arrêté de travailler, son fils, ses collègues, ils avaient tous dit : enfin, elle avait une de ces chances, c'était pas tout le monde qui y arrivait, beaucoup n'en profitaient même pas. Et tout ce temps, comment elle allait l'employer, l'important était de s'occuper, de continuer à vivre normalement pour ne pas vieillir. On lui avait fait un apéritif d'adieu. Ils avaient chanté, certains (qu'elle connaissait à peine) l'avaient serrée contre leur cœur en sanglotant. Pendant que circulaient des plateaux couverts de flûtes pleines de champagne rose, aux fines collerettes de bulles, on lui fit ouvrir un grand paquet qui contenait un magnétoscope. Une clameur s'élevait et tout le monde se mettait à applaudir en trinquant. Tout doucement, elle avait dit qu'elle n'avait pas de télévision, et ils avaient pouffé au-dessus de leur verre de champagne : toujours le mot pour rire, c'était même pour ça, en partie, qu'on la regretterait.

Puis, comme une mâchoire où une dent aurait été arrachée, le service s'était peu à peu cicatrisé, reconstitué, à tel point qu'au bout de quelque temps il était devenu difficile d'y retrouver la place qui avait été la sienne et que chacun de ses collègues lui avait reconnue pendant tant d'années.

Les deux mois qui suivirent — elle s'en souvient très nettement, c'était le début de l'année, la neige était venue juste pour Noël, ensuite l'air s'était mis à être très doux —, elle remontait chaque matin les marches du métro Maubert-Mutualité et s'installait dans le café qui faisait face, pas trop en évidence, pas trop en retrait non plus, pour ne rien perdre. Entre huit heures trente et neuf heures, elle les voyait entrer l'un après l'autre. L'après-midi, à partir de dix-sept heures, le défilé commençait en sens inverse. Ils sortaient seuls ou par grappes de trois ou quatre. Leur visage était reposé comme après un long sommeil, ils avaient l'air heureux. Ceux qui sortaient en groupes ne restaient jamais longtemps à discuter sur le trottoir. Très vite, le noyau éclatait, se scindait en plusieurs éléments qui gagnaient le trottoir d'en face, le métro, l'arrêt d'autobus. Plusieurs la virent. Ils parurent surpris et contents, ils entrèrent dans le café, ils s'assirent : tiens, ça faisait plaisir, juste un café en vitesse, après il faudrait y aller, elle savait ce que c'était. Toutefois, en quelques semaines, leur comportement s'altéra. Ou bien ils entraient et s'asseyaient, mais refusaient de prendre quelque chose et gardaient un silence gêné, ou bien ils n'entraient plus, faisant mine de ne pas la voir, de n'avoir pas vu le petit signe d'amitié qu'elle leur faisait depuis le coin de vitrine où elle était assise.

Des jours durant, elle marchait, traversant des

quartiers inconnus, découvrant des rues qui débouchaient dans d'autres rues. Des quartiers en rénovation, des immeubles délabrés, des passages où d'un bout à l'autre on ne rencontrait personne, des places où l'on avait envie de s'arrêter pour être sûr de saisir la configuration du lieu. Au creux de l'après-midi, entre trois et quatre heures, la fatigue la forçait à faire une pause. Dans une cafétéria, c'était toujours mieux qu'au café : le garçon ne venait pas reprendre le verre vide, vous poussant à nouveau dehors. A la cafétéria, on pouvait rester aussi longtemps qu'on voulait, on ne gênait personne ; si on procédait avec discrétion, on pouvait même décongestionner ses pieds enflés par la marche du matin — il suffisait d'exercer du bout de sa chaussure une légère pression sur le contrefort de l'autre chaussure et le pied se retrouvait partiellement libre. A cette heure-là, la population était toujours semblable : des messieurs d'âge respectable, des jeunes gens amoureux, des femmes qui auraient encore une heure de liberté avant la sortie des écoles. Et surtout, par-dessus tout, des femmes âgées. Jamais elle n'en avait tant vu, des petites, affreuses, avec des houppes de cheveux blancs presque violets plaquées sur le crâne, des grosses, déformées par le temps, prises dans des robes à fleurs froncées au col et aux poignets, des corps neutres, sans relief et sans âge, qu'on avait revêtus de robes à la mode de la saison. Toutes, elles parlaient, et leur babil montait, planait au-dessus de la salle immense de la cafétéria, formant des stries serrées qui paralysaient les jeunes gens amoureux et étourdissaient les mères de famille silencieuses. Des sacs tout neufs qu'elles avaient reçus pour leur anniversaire, elles sortaient des pochettes de photographies qu'elles montraient à d'autres vieilles dames, qui les écoutaient avec attention, attendant qu'elles aient fini pour sortir leur pochette à elles et entamer leur propre récit. Souvent, en début de semaine, tapotant un reste de mise en plis qui ne survivrait pas à la nuit prochaine, elles se vantaient d'un dimanche passé à la campagne, avec leur fils, tout le détail des horaires suivait, la localisation géographique de la maison de campagne, le bilan des conditions météorologiques. Et même avec leur belle-fille, elles s'entendaient bien, épouse et mère, on se comprenait. Quand il y avait des accrochages — bien sûr que ça se produisait, comme dans toutes les familles —, on se débrouillait, on réglait ça toutes seules, pour rien au monde on n'aurait fait appel au fils.

JUSTEMENT, c'était à cause de son fils, à elle, si elle s'y était rendue, la première fois. Le dimanche, quand il était venu la voir (se servant, pour entrer, du jeu de clés qu'il avait gardé en sa possession), elle était allongée, les jambes surélevées pour faciliter la circulation : non, elle n'était pas malade, alors pourquoi elle ne répondait pas au téléphone dans la journée, est-ce qu'elle ne s'ennuyait pas trop quand même ? En posant ces questions, il avait l'air gêné. Il restait assis un moment, buvait à petits traits le jus d'orange qu'elle lui avait servi, comme s'il craignait d'arriver trop vite à la fin de son verre. En même temps, il jetait un regard circulaire sur la pièce : il était vraiment moche, ce canapé-lit, il mangeait toute la pièce, maintenant on faisait des une-place, des modèles très pratiques, on pouvait s'y allonger sans les ouvrir, en mettant la tête sur un accoudoir et les pieds sur l'autre, en tout un mètre cinquante de longueur et pas tellement profonds. Debout dans le vestibule, il l'embrassait, prêt à sortir, quand il se ravisait, revenait s'asseoir, est-ce qu'elle viendrait chez eux pour son anniversaire (à lui) ? C'était dimanche prochain, on serait en petit comité, il lui présenterait ses amis, elle verrait, ils étaient sympathiques, elle serait à son aise. Cela avait l'air tellement important pour lui qu'elle accepta aussitôt.

Dès le lendemain, elle s'était mise en quête de trouver un cadeau. Comme c'était lundi, beaucoup de magasins restaient fermés. Mais elle était d'avis qu'il valait mieux s'en occuper aujourd'hui même, dimanche serait vite arrivé. Elle prit le métro jusqu'à Châtelet et pénétra dans plusieurs grands magasins. Qu'offrait-on à un fils qui allait avoir trente-neuf ans ? A la question, la plupart des vendeuses souriaient et fournissaient des réponses vagues, toutes différentes. Elle finit par acheter une écharpe en cachemire qu'elle choisit rouge pour ne pas faire double emploi avec celle qu'il possédait déjà. Avant de franchir la porte de sortie, elle se retourna pour embrasser du regard le magasin. Il était rond comme un berceau, rayé d'escaliers bleu canard qui étaient constellés de feuilles d'or. Une lumière très douce, presque blonde, filtrait par la coupole.

Le dimanche arriva très vite.

La fois suivante, c'était encore par hasard. En sortant du Louvre — une exposition telle qu'on en avait à Paris une fois tous les dix ans, pensaient les amis de son fils —, elle avait remonté la rue de Rivoli. La pluie s'était mise à tomber, d'abord légère, puis de plus en plus forte. Une porte s'était ouverte devant elle, elle s'y était engouffrée. Une fois dedans, on prenait vite conscience que c'était mercredi.

Un enfant se roulait par terre, serrant entre ses bras

la boîte oblongue d'un camion. La mère grondait, faisait mine de partir, s'éloignait effectivement jusqu'au bout de l'allée, d'où elle se retournait avant de revenir sur ses pas. Elle avait dû souvent utiliser ce subterfuge face au petit garçon car il ne semblait pas croire une seconde que, parvenue au bout de l'allée, elle pût faire autrement que revenir vers lui. Il allait salir son anorak blanc. D'ailleurs, la vendeuse, il la voyait là-bas, de l'autre côté, après les poupées mannequins, elle ne permettait pas qu'on enlève les jouets des rayons. Elle allait finir par se fâcher. Mais la vendeuse ne lui était d'aucun secours. Assise, elle regardait la scène avec désintérêt, tout en bâillant et en se curant les dents avec un ticket de métro. La mère essaya d'arracher la boîte oblongue d'entre les bras du petit garçon, les cris redoublèrent. Plié en deux le long de sa rayure médiane, le ticket de métro allait et venait mécaniquement entre les dents de la vendeuse. Le rouge de la colère qui montait aux joues de la mère, le blanc de l'anorak de l'enfant qui menaçait de devenir moins blanc, et le jaune rayé de brun du ticket de métro : c'était une scène magnifique que pourtant — un rapide coup d'œil autour d'elle le lui confirma — personne ne semblait avoir remarquée.

Les jours suivants l'avaient confortée dans cette impression. Pour peu qu'on s'y appliquât, il y avait toujours quelque chose à voir, un mot à saisir, un geste qui méritait d'être recueilli. Tout était donné là en pâture, sans façon. La vie s'y déroulait, aussi serrée que dans une coquille. Elle n'en poursuivait pas moins les activités dont elle avait chargé son emploi du temps. Simplement, à la place de la cafétéria, entre trois et quatre heures, chaque jour, elle poussait l'une des portes d'accès qui résistait un peu avant de lui accorder le passage. Assez vite, cependant, elle réalisa que, déjà fatiguée par de longues marches ou des piétinements forcés aux portes des musées et des monuments, elle n'était pas en état de donner toute la mesure de son attention. Elle laissait déplorablement échapper des bribes de la matière qui lui était fournie avec tant de générosité. Mieux valait venir plus tôt. Au bout d'un mois environ, le pli était pris : elle était là dès l'ouverture.

Le lendemain de Noël, pendant toute la matinée, dans chacun des magasins, on distribuait des pin's. Ils étaient plutôt agréables à regarder : la silhouette du Magasin, telle qu'on l'apercevait depuis le Pont-Neuf, était représentée en bleu marine sur une surface émaillée grise. L'absence de tout nom, de toute inscription, même au dos, relevait d'une stratégie qu'elle jugea astucieuse, étant donné qu'elle avait pour résultat de faire du petit badge plus un signe de connivence qu'un insigne publicitaire. Elle en réclama deux pour elle-même (au cas où elle en perdrait un) et deux pour offrir à ses petits-enfants. Mais l'hôtesse en charge de leur distribution dans le magasin principal fit des difficultés pour lui en accorder quatre d'un seul coup, et, pour atteindre le chiffre souhaité, elle dut riper entre le magasin 2 et le magasin 4, où l'hôtesse se montra nettement plus compréhensive. Avec l'aide de Mme Martinaux qui venait de fermer sa caisse, l'un fut aussitôt agrafé au revers droit de son manteau en laine beige, un peu terni par les manipulations auxquelles s'étaient livrés le jeune vigile et quelques clients, le soir où la boucle était restée prise dans le montant métallique, mais pas au point tout de même de l'apporter à la teinturerie.

D'autres hôtesses avaient été embauchées pour les extras de Noël. Celle-ci était arrivée un samedi — elle s'en souvenait parfaitement, même qu'elle s'était fait la réflexion que ce n'était pas un jour pour commencer, un samedi ! Enfin, au Magasin, à la rigueur, ça se laissait comprendre. Le matin, elle aidait çà et là aux rangements des stands Parfumerie. A onze heures trente, elle était parmi les premières à partir déjeuner — toujours au-dehors, n'épuisant jamais la totalité de la demi-heure qui lui était octroyée. Quand on entendait sonner les douze coups de midi à l'église de Saint-Germain-l'Auxerrois (un son clair qui résonnait encore dans l'oreille bien après que la cloche s'était tue), elle se postait dans le milieu d'une allée, le doigt sur le bouton pulvérisateur d'une petite fiasque en verre taillé, et, usant toujours de la même phrase, sans en changer l'intonation, elle offrait aux clientes qui traversaient l'allée de leur vaporiser quelques gouttes de parfum sur le poignet. Elle portait un tailleur bleu marine dont la jupe était assez courte, le même tailleur que toutes les autres vendeuses du rayon Parfumerie, mais à elle, il lui allait d'une façon particulière qu'on ne retrouvait chez aucune autre des jeunes femmes, même les plus jolies, qui travaillaient aux produits de beauté. Elle irradiait comme une pierre précieuse qu'on vient de nettoyer, elle aimantait les regards. Surprises et éblouies, les clientes qui débouchaient dans son allée n'avaient pas les moyens de lui opposer un refus, et repartaient invariablement avec une petite zone humide près du poignet. Il faut dire qu'elle opérait extrêmement vite et avec une remarquable précision. Les vigiles postés aux sorties les plus proches ne la quittaient pas des yeux, leur service se ramollissait : plusieurs fois, une sonnerie se fit entendre au passage d'un client entre les barres métalliques sans qu'aucun d'eux ne songeât à réagir, le client franchissait déjà les portes du magasin ou posait un pied sur le trottoir, quand l'un d'eux, secouant sa torpeur, s'élançait enfin. Elle-même, qui avait toujours pris soin de contourner cette allée, se sentait irrésistiblement attirée dans ce coin du rayon Parfumerie. Il est vrai que c'était un point névralgique du magasin, puisque l'allée débouchait sur un groupe de portes de sortie condamnées en permanence mais qui laissaient entrer la lumière à flots, de sorte qu'on ne pouvait faire autrement que venir s'y heurter quand on était à la recherche de la sortie. Quand on avait vu les chaînes qui barraient les différentes portes, la rue impossible à atteindre, on faisait demi-tour, on revenait sur ses pas et c'était là que l'on tombait sur elle, armée de son vaporisateur prêt au déclenchement, toujours chargé — elle en possédait deux ou trois identiques, qu'elle substituait les uns aux autres dans le cours de la journée —, et il était difficile de lui opposer un refus, surtout si on avait déjà eu la fermeté de le faire une première fois, alors qu'on se dirigeait vers le groupe des portes de sortie qui, depuis, s'étaient révélées trompeuses. Elle-même, une fois, certes, une seule, mais c'était quand même impardonnable, une telle étourderie de sa part, des portes toujours fermées, qu'elle savait verrouillées en permanence, qui portaient les numéros 22 à 27, elle faisait marche arrière dans l'allée en se reprochant sa distraction, quand elle s'était heurtée à elle, qui l'attendait sans hâte avec un bon sourire, et à demi par faiblesse, à demi pour se punir elle-même, elle s'était laissé faire, elle avait tendu son poignet, mais dieu que ça sentait horriblement mauvais !

Cherchant comme les autres la sortie, il avait dû, comme eux, venir se heurter aux portes verrouillées avant de rebrousser chemin dans l'allée. Il était debout en face d'elle. Elle lui souriait, gardant le doigt enclenché sur le bouton du vaporisateur, sans le tendre vers lui. Il avait ôté son loden vert et son écharpe qu'il portait, pliés en deux parties sensiblement égales de part et d'autre de son avant-bras gauche. De l'autre main, il lui tendit un petit papier, sur lequel la jeune femme concentra toute son attention. Au bout de quelques secondes, elle lui rendit le papier, qu'il rangea dans la poche intérieure de son veston. A présent, c'était elle qui parlait, toujours en lui souriant. Ce qu'elle lui disait n'avait pas l'air désagréable, puisque lui aussi souriait en la considérant en plein visage. Cela dura quelques instants. De la poche intérieure où il avait tout à l'heure rangé le petit rectangle de papier, il sortait un calepin de couleur sombre où il inscrivait, à l'aide d'un stylo que lui fournit l'hôtesse, une dizaine de mots et, peut-être, plusieurs chiffres. Il arracha d'un coup sec la page du calepin — ce qui produisit sur toute la partie gauche de la page une dentelle irrégulière — et il la lui remit. C'est à ce moment qu'intervint la démonstratrice du stand où elle se tenait, près d'eux, mais pas assez cependant pour entendre leurs paroles : alors, qu'est-ce qu'elle lui mettait, seulement le bain moussant aux huiles essentielles ou aussi la crème de nuit réparatrice aux liposomes renforcés ? Le temps de régler la question — il avait disparu. Un coup d'œil dans toutes les allées adjacentes, vers la sortie principale où, logiquement, après être venu s'échouer sur le groupe de portes condamnées, il aurait dû vouloir se diriger. Mais rien. La jeune femme avait repris son sourire de façade, qui n'engageait que les muscles de sa bouche (alors que, pour l'autre, les yeux, le front, les joues se trouvaient impliqués) et aspergeait derrière l'oreille une jeune femme musulmane qui sembla ravie.

SOUVENT on faisait ça plus tard, en toute quiétude, quand le coup de feu était passé. C'était tôt, cette année. Il faut dire qu'il n'y avait pas eu autant de clients qu'on s'y attendait, qu'on l'escomptait même — récession économique, disait Georges avec un hochement de tête significatif, récession économique. Mme Martinaux avait insisté pour qu'elle fût son « invitée spéciale » (chacun avait droit à un « invité spécial », la plupart venant de préférence avec un mari, un grand fils ou une sœur). Evelyne Martinaux avait préféré que ce soit elle. Georges et Ahmed, le camelot récemment installé de l'autre côté de la rue de la Monnaie, pas tout à fait en face de Georges, étaient là eux aussi, mais soit qu'on ne leur ait pas accordé le droit d'avoir un « invité spécial », soit qu'ils n'aient eu personne à inviter, ils étaient venus seuls. Georges portait autour du cou un foulard en soie bleue assorti à la nuance de ses yeux. Il y avait aussi les deux peintres japonais — sans doute invités par les soins de la direction pour leur témoigner qu'on les considérait comme partie intégrante de la famille. Pour la circonstance, ils avaient enlevé leur éternel cache-poussière et arboraient des costumes soigneusement entretenus mais un peu démodés, taillés sur des modèles qu'on devinait étrangers. En guise de cravate, l'un d'eux portait autour du col de sa chemise un fin lacet noir noué, dont chacune des extrémités était emprisonnée dans une pointe de métal argent. Ils se tenaient bien droits, alignés sur le même plan, sans échanger un regard. Quand on avait un mouvement vers eux, ils s'avançaient d'un pas à votre rencontre et leur visage affichait une grande reconnaissance. Mais la conversation tombait vite. Après deux ou trois échanges, on était contraint de renoncer : ni l'un ni l'autre ne parlait le français.

La scène se déroulait au bar, qu'on avait sans doute choisi pour ses lumières tamisées, qui faisait quand même plus intime que la salle à manger du grill-bar, avec tous ses lustres et sa vue panoramique sur la Seine. Des verres et des longs plateaux de canapés commencèrent à apparaître sur le comptoir. Janine, Albert, le jeune homme blond, toute l'équipe de restauration, en avaient mis un sacré coup pour préparer les toasts au saumon et aux œufs de lump, en plus de leur service. Somme toute, il y avait beaucoup de monde. Des gens posaient leur coude sur le comptoir et ne bougeaient plus, entravant l'accès aux plateaux de petits fours. Janine s'en rendait compte et, avec son sang-froid habituel, ne tarda pas à prendre la situation en main. Bientôt, tandis que les coudes restaient collés au comptoir dans une attitude empruntée, les plateaux se mirent à circuler librement dans la salle. Des petits groupes se formaient autour d'un noyau. Mme Martinaux la quitta plusieurs fois pour aller faire un bout de conversation à des personnes à qui elle le devait. Quand la conversation menaçait de s'éteindre, elle se gardait bien de la ranimer et revenait prendre sa place auprès d'elle avec un soulagement visible. On la traita comme une invitée de marque : tout le monde semblait la connaître, son verre ne restait jamais vide plus de quelques secondes, les plateaux affluaient continûment vers elle. Dans un coin de la salle, des femmes se mirent à frapper du pied : elles voulaient de la musique. Leurs cris se soutinrent un peu avant de se perdre dans le brouhaha général. On n'avait rien prévu pour, c'était dommage.

On se dispersa très tard. En sortant, Mme Martinaux la prit par le bras, ou plutôt se cramponna à son bras, froissant le drap de son manteau beige (80 % alpaga, 20 % pure laine vierge) : c'est vrai qu'il était doux, reconnaissait-elle en l'effleurant du bout des doigts, on devait avoir bien chaud dedans. Evelyne Martinaux avait bu trop de champagne et la poussait un peu de côté en marchant. Tapant à la fois dans ses mains et du pied sur le trottoir, elle héla un taxi — qui ne lui accorda même pas un regard. Il faisait très froid, leurs pieds commençaient à s'engourdir. Georges s'approcha et s'offrit galamment à les raccompagner, l'une après l'autre. Elles habitaient deux quartiers diamétralement opposés de Paris : qu'à cela ne tienne, on avait toute la nuit devant soi, une belle nuit froide de décembre, presque une nuit de fête, avec la pleine lune de surcroît, qu'est-ce qu'on pouvait demander de mieux ?

Dans la voiture, tous trois se taisaient. Spontanément, Mme Martinaux avait reparlé de « la nouvelle », ajoutant qu'il y avait des jours où l'on se sentait quand même plus vivant. Ce serait bon de pouvoir faire don de soi, ces jours-là. En réponse, Georges et elle hochèrent la tête.

Vers la fin de la soirée, Mme Martinaux avait frappé dans ses mains pour attirer l'attention des autres. Peu à peu, tout le monde avait fait silence et était venu se placer en demi-cercle devant elle. Elle avait une nouvelle à leur annoncer : elle allait partir, rien ne pourrait la faire revenir sur sa décision. Elle quittait le Magasin. Un silence atterré avait accueilli son annonce. Elle s'était alors lancée dans un bref historique de sa carrière qui avait eu de l'effet sur son auditoire. C'est après qu'elle avait commencé à boire trop de champagne.

Sa mère était entrée comme jeune apprentie au Magasin à l'âge de seize ans. L'unique fille qui lui était venue d'un mariage malheureux, elle en avait accouché dans la maternité ouverte par Ernest Cognacq à l'intention de son personnel. Pendant les heures d'ouverture du magasin, le bébé était confié à la pouponnière créée par les bons soins du même Ernest Cognacq. Après, ce fut le pensionnat de Rueil où les employés pouvaient envoyer leurs enfants, puis l'institution de jeunes filles d'Argenteuil. A dix-huit ans, malgré l'avis de sa mère qui eût espéré quelque chose d'autre pour elle, Evelyne Martinaux avait voulu entrer au Magasin, et elle n'en avait jamais conçu de regrets. Jusque-là, elle avait fait un parcours sans faute. Mais voilà que quelque chose semblait s'être détraqué dans le système parfait d'Evelyne Martinaux. Elle se racla un peu la gorge avant de continuer. La phrase était mal partie et ne la mena nulle part. Elle s'embrouilla, jeta un regard circulaire sur l'assistance. Tout le monde attendait, suspendu à ses lèvres. C'était tout bête : son fils — celui qui avait un magasin de sports en plein centre de Strasbourg — s'agrandissait. Il avait besoin d'elle. Elle qui avait dévolu toute sa vie au commerce et à la libre entreprise, elle ne pouvait pas lui refuser son aide. Les gens semblèrent un peu déçus par ses explications. Deux vendeuses, inquiètes, prirent la parole. Les autres se dispersèrent, se dirigeant vers un plateau de petits fours ou vers une nouvelle coupe de champagne.

À PARTIR du 18-19, le mois de décembre commençait à vaciller — c'était une caractéristique propre à ce mois-là, tous les autres, même les mois d'été, se comportant selon un même schéma : vers le 23 ou le 24, ils basculaient dans le mois suivant et il était patent, pour peu qu'on voulût bien l'admettre, que les derniers jours du mois, on ne pouvait jamais rien faire. Avec les premiers jours du mois qui suivait, on gagnait un peu de répit, juste le temps de croire que ça allait durer, que ce serait éternel — mais cela ne durait pas, il fallait, comme elle, avoir déjà une longue expérience temporelle pour l'admettre. Le fait que le mois de décembre basculât si tôt avait toutefois une contrepartie de taille non négligeable : la trêve du début de mois se doublait d'une trêve de début d'année — c'était presque l'incarnation de la grâce absolue.

Les soldes commencèrent tout de suite après Noël. Des affichettes de couleurs vives, indiquant des chiffres barrés d'une raie transversale et suivis d'autres chiffres, des pourcentages, des noms de marque, tournoyaient doucement, pendues aux rayonnages par des fils de nylon. 60 % d'escompte sur des modèles d'une coupe irréprochable, de belles étoffes, qui pesaient au creux de la main, qui ne craignaient pas le contact avec le corps. Elle avait beau fouiller dans sa mémoire, on ne trouvait pas trace de cela. La saison avait donc été si mauvaise ? Pourtant, ils achetaient, entre neuf heures trente et dix-neuf heures (vingt heures trente, si c'était un jour de nocturne), durant chaque division du temps plus infime que la seconde, le millième de seconde, ils achetaient avec application, ils achetaient en s'oubliant eux-mêmes, ils y mettaient tout leur être.

Son fils était rentré un peu après Noël. Une avalanche de travail lui était tombée sur la tête et il n'avait pas eu le temps de l'appeler tout de suite. Le 31, ils étaient invités chez des amis. Ils emmèneraient les enfants, qui étaient sensiblement du même âge que les enfants de leurs amis. Si le cœur lui en disait, elle pouvait se joindre à eux. Elle y repensait, dans les escaliers bleu canard avec des feuilles dorées, qui menaient du cinquième au quatrième étage, dans le magasin 2. Presque au même rythme qu'elle, à peine en retard d'une marche ou deux, quelqu'un la suivait. C'était l'homme qui était venu s'asseoir face à elle, la veille, au bar. Il fallait reconnaître qu'elle avait pris son café plus tard que d'habitude : onze heures trente. Peut-être cet horaire décalé s'était-il trouvé chevaucher son horaire à lui. D'abord, avant même qu'elle pose un pied dans le magasin, c'était Georges qui l'avait retenue à bavarder sur le trottoir, malgré le froid, le froid étant le motif pour lequel il l'avait interpellée directement à son passage. Il savait comment se protéger, c'était vital dans son métier, il portait des collants de laine sous son pantalon, comment s'y prenait-elle, elle, est-ce qu'elle avait remarqué qu'elle y était plus sensible que l'an passé, n'avait-elle pas des problèmes de circulation à force de passer de la tiédeur du magasin au froid de la rue... Puis ç'avait été un arrivage de montres, la vendeuse l'avait appelée pour les lui faire voir, des grosses montres curieuses aux cadrans traversés de lettres majuscules multicolores, « des montres pour rappeurs » disait la notice qui les accompagnait. Mais qu'est-ce que c'était des « rappeurs » ? La vendeuse ne savait pas bien, elle disait qu'on en voyait de temps en temps à la télé, mais elle ignorait en quoi cela consistait, il faudrait demander ça aux plus jeunes. Avant d'obtenir des éclaircissements acceptables, il avait fallu patienter encore quelque temps, et il était bien onze heures vingt-cinq quand elle avait pris l'escalator qui menait au cinquième. Comme à son habitude, elle s'était assise dans l'allée de tables qui longe le mur, mais ce qui n'était pas habituel, c'était l'heure. Presque toutes les places étaient occupées, quelques-unes l'étaient sans doute par des habitués mais elle n'était pas en mesure de les reconnaître. Cependant, tout près de celle où elle s'était installée, il restait une table libre, mais dépourvue de sièges (les occupants de la table voisine, au nombre de quatre, les avaient tirés à eux). Le seul tabouret vacant qui restât dans le bar était donc placé en face d'elle-même, de l'autre côté de la table où elle était. C'est là qu'il vint s'asseoir. Il s'inclina légèrement devant elle et se jucha sans plus de façons sur le tabouret resté libre. Pourtant, il eût été facile de tirer le tabouret jusqu'à la table laissée libre, toute proche. Mais, soit que l'idée ne lui en vînt pas, soit qu'il le fît à dessein, il vint s'asseoir en face d'elle. Son visage se trouvait à peine à un mètre du sien. Il paraissait avoir du mal à se réchauffer — ou du moins, vouloir le suggérer — car il portait ses deux mains de chaque côté de sa tasse de chocolat brûlant. Il ne la regardait pas. Vu de si près, son visage n'était pas désagréable : quelques points noirs mûrissaient à la base du nez, la peau des joues était un peu bleuie par le rasage. Cette promiscuité devenait gênante, elle ramassait ses sacs, se levait et sortait, laissant sa tasse de café à moitié pleine. Près de la porte, avant de franchir la bande blanche « Au-delà de cette limite, interdit de fumer », elle se retournait : il la suivait des yeux.

COMME le jour de l'an tombait cette année un dimanche, on ferait d'une pierre deux coups : rendre visite au fils, parce que c'était le jour de l'an, et porter le tailleur rouge, parce que c'était dimanche. C'était vraiment là une occasion inespérée de tirer parti d'un dimanche (le tailleur rouge était très élégant, il était donc hors de question de le porter un dimanche ordinaire pour sortir prendre un déjeuner rapide au café le plus proche et, au retour, s'allonger en maintenant les pieds surélevés pour la circulation). Mais il avait tout de suite déplu à sa belle-fille — trop élégant ou trop rouge ? — qui lui en avait fait compliment d'un air réprobateur (un bon tailleur, en serge de laine, griffé d'un grand couturier, un rouge profond) comme si c'était là le seul moyen d'en dire quelque chose, de le montrer du doigt, d'appeler sur lui le regard de tous, même des plus petits, et de nouveau le tailleur rouge n'était plus de mise.

Entre les fruits et le gâteau roulé, on en profita pour lui décocher un mauvais coup. Il s'agissait de garder le dernier-né (et troisième), c'était en attendant de trouver quelqu'un. La jeune fille au pair s'était volatilisée, pfffft ! du jour au lendemain on ne l'avait plus revue. Cela ne prendrait que quelques jours, à peine dix ou douze, quinze tout au plus. Elle aurait sa chambre à elle, et si même elle préférait ne pas rester dormir, on pourrait s'organiser pour la raccompagner, pas tous les jours naturellement, mais deux ou trois fois par semaine, bien deux ou trois fois par semaine, il allait de soi que les soirées et le week-end lui appartenaient toujours, on n'allait pas bouleverser sa vie, et puis après tout c'était le devoir d'une grand-mère, et d'ailleurs on ne lui demandait jamais rien, et c'était à partir de demain. On avait juste le temps d'aller chercher quelques affaires, on serait rentré pour l'heure du dîner. Vraiment, c'était un cas de force majeure, et elle ne devait pas être si occupée que cela, mais qu'est-ce qu'elle avait donc tant à faire... Tandis que le gâteau roulé s'avançait déjà à l'autre bout de la pièce, elle se dirigeait vers la porte au milieu d'une confusion indescriptible, en se prenant les pieds dans des roulettes qui servaient de pattes à un chien en bois ; et dès le soir même, c'était comme si commençait une vie nouvelle, libre de toute attache. Très tard, lorsqu'elle fut un peu remise de toutes ces trépidations imbéciles, elle appelait un taxi et se faisait conduire là-bas. Les rues étaient désertes, il tombait une pluie fine. Le taxi la laissa quai du Louvre : plus que jamais, la proximité de la Seine était bonne pour le cœur. A la faveur de la nuit, de la bruine et du silence, ce réseau d'habitudes un peu contraignantes qu'elle s'était imposé lui apparut soudain très doux. Comme on ne pouvait distinguer dans la nuit les toits noircis, les pierres usées, les ferronneries encrassées, on croyait avoir affaire à un organisme tout jeune, dont on sentait les pulsations momentanément suspendues. C'était comme un grand corps morcelé qui brûlerait de se ramasser sur lui-même pour éprouver sa vigueur. Elle compta les années : elle avait cent vingt ans. Mais elle hantait depuis longtemps les rives de la Seine. D'abord sous la forme d'une pompe élévatrice construite sous le règne d'Henri IV pour alimenter en eau le Palais du Louvre. Elle crut la voir, dressée contre la deuxième arche du pont, du côté du quai du Louvre. Sur la façade, un bas-relief en bronze doré luisait doucement dans l'ombre : on y avait figuré l'entretien au puits de Jacob, avec le Christ. L'édifice était surmonté d'un campanile et d'une horloge astronomique qui jouait des airs connus. La foule qui circulait à pied sur le Pont-Neuf reprenait en chœur l'un des refrains :

Vous verrez la Samaritaine
Assise au bord d'une fontaine.
Vous n'en savez pas la raison,
C'est pour laver son cotillon.

Puis la pompe fut démolie, en 1812. Pourtant, son souvenir restait très vivant dans la mémoire du lieu. Aussi sembla-t-il naturel qu'elle ressuscitât, plus tard, à l'enseigne d'un magasin. Les lettres lumineuses se reflétaient à la surface de l'eau qui se ridait à peine. Elle frissonna. Le métro venait de fermer, il faudrait héler un taxi.

LA première semaine de janvier s'était engouffrée derrière ce dimanche gâché, la bousculant, lui volant ses rares loisirs. Des loisirs, Mme Martinaux n'en connut pas tellement non plus, pourtant elle tint parole. C'était une histoire compliquée, somme toute assez peu vraisemblable, qui s'élaborait en empruntant plusieurs pays. En 1944, son mari avait dix-neuf ans. Non, il ne s'appelait pas Martinaux, Martinaux c'était son nom à elle, celui sous lequel sa mère avait travaillé ici. Son mari, donc, qui vivait en Algérie, trop jeune quand la guerre éclate, est appelé en 1944. Il est affecté au bataillon de la 9e division d'infanterie coloniale, basé près de Belfort, où il est chargé de former au combat des tirailleurs sénégalais. La directrice de la Croix-Rouge propose aux jeunes gens déracinés comme lui (songez qu'avant ce jour il n'avait jamais quitté sa ville natale) de correspondre avec une marraine de guerre. Il envoie une lettre et reçoit en réponse une lettre avec une photo. Elle s'appelle Ginette. Elle a vingt et un ans. A Paris, la mère de la jeune fille tient le vestiaire d'un cabaret à la mode, « Le Bouchon rouge ». Elle n'a pas de père. Comme il n'y a pas beaucoup de distractions à l'époque pour une jeune fille, elle accompagne souvent sa mère qu'elle seconde dans son travail. Un officier russe voit la jeune fille, tombe amoureux d'elle — il faut dire qu'elle était très jolie, d'après ce que racontait son mari —, revient la voir chaque jour, finit par la demander en mariage. La mère éclate de rire mais la jeune fille prend tout cela très au sérieux. A la Libération, l'officier réitère sa demande. Ils se marient et décident de vivre à Leningrad où, avant la guerre, le jeune homme avait commencé une carrière d'ingénieur. Mais Ginette ne s'habitue pas à la vie là-bas. Elle écrit de longues lettres à sa mère à Paris, et à son filleul de guerre rentré en Algérie. Elle met au monde une fille et un garçon. Tous les deux sont élevés en français — qui est leur première langue. Comme elle l'avait décidé, la fille porte un prénom français, le garçon un prénom russe. Pendant ce temps — est-ce qu'elle suivait? on pourrait continuer demain si elle était fatiguée —, pendant ce temps, son mari, en Algérie, a épousé une jeune fille qui meurt en donnant naissance à leur enfant, une fille, qui ne lui survit pas. A ce moment-là, comme il lui a souvent raconté, malheureux, seul, il se croit au terme de son existence. Il écrit à Ginette que la situation en Algérie devient difficile, qu'il aimerait aller à Paris. Elle lui répond aussitôt que, par le même courrier, elle prévient sa mère de son arrivée. La mère de Ginette ne travaille plus au cabaret mais habite toujours ce même immeuble de briques rouges, à la porte de Clignancourt. Il s'y installe pour quelques mois. Et zut! déjà deux heures! oh non! c'était loin d'être fini — Mme Martinaux se levait, on reprendrait demain, oui c'est ça, demain.

DANS le métro, c'était courant. Mais dans le bus, et à cette heure-ci, c'était la première fois. Une écharpe à raies multicolores enveloppait sa tête. Sous un grand manteau de laine distendue, passait un bout de robe à imprimé tahitien. Elle portait des chaussettes épaisses, en laine bouclette, engoncées dans des sandales à talons largement découvertes qui projetaient son pied vers l'avant quand elle marchait, presque sur le sol. Elle avançait en s'appuyant sur une canne. Elle psalmodiait un chant de prières, et, la main tendue, venait se placer devant chacun des voyageurs — du moins, de ceux qui étaient assis en bordure d'allée. La plupart détournaient les yeux aussi longtemps que durait la litanie qu'elle leur adressait, en les regardant bien en face. Quelques-uns fouillaient dans leurs poches ou dans leur sac et, sitôt qu'elle arrivait à leur hauteur, lui remettaient un franc ou deux, à la va-vite, pour qu'elle leur épargnât son chant. Qu'elle passe directement au voisin. Le chauffeur du bus la surveillait dans son rétroviseur sans rien oser lui dire. Quand elle arriva devant elle, au fond, juste avant la plate-forme en demi-cercle, elle se préparait à ouvrir sa main, à entonner son chant, mais voilà qu'elle se ravisa et se mit à sourire, d'un sourire qui venait du plus profond d'elle-même, en la regardant droit dans les yeux. Puis elle se détourna, et se remit à chanter, la main tendue vers les autres passagers qui étaient assis derrière, dans le demi-cercle de la plate-forme. Un homme proposa de l'aider à descendre, place du Châtelet, mais ne fit pas un geste quand elle resta bloquée sur le marchepied, sa canne coincée dans l'ouverture de la porte. Elle s'éloigna en boitant vers les bâtiments de l'Hôtel de Ville. Elles devaient être à peu près du même âge.

Quand le bus redémarra, l'homme qui avait proposé son aide à la femme, sans finalement faire un geste, vint s'asseoir en face d'elle. Ses mains, qui reposaient sur la poignée d'un cartable en cuir gonflé de dossiers, étaient prisonnières de gants, en cuir eux aussi, qui se racornissaient au bout des doigts dans une teinte plus foncée. Derrière le cartable, tout contre son abdomen, reposait une petite pile de livres qu'il n'avait pas dû réussir à faire entrer dans le cartable. Une écharpe lui barrait la poitrine et sa tête était encapuchonnée d'une chapka brune dont il avait relevé les deux oreilles qui se rejoignaient au-dessus de sa tête en formant une boucle audacieuse. Ses yeux vides la regardaient fixement, en plein visage. De temps à autre, comme réglés par les cahots de la circulation, des éclairs d'intérêt avide partaient de ses yeux retranchés au fond de ses orbites. A l'arrêt suivant, la femme qui était assise à côté de lui s'étant levée, il se vautra, lui, son cartable et ses volumes aux tranches pâles, sur toute la longueur de la banquette. Il la regarda aussi aux genoux, où un rai de combinaison crème dépassait de la jupe de son tailleur, puis il revint à son visage pour s'y fixer, jusqu'à ce qu'elle se lève, trébuchant dans son cartable que l'arrivée d'une dame avec des béquilles l'avait contraint à poser par terre. Il se mit debout avec empressement, faisant choir en cascade les volumes à tranche pâle, s'excusa, serra son cartable sur son cœur avant de le poser sur la banquette, à sa propre place qu'il venait de déserter, ôta ses gants et s'agenouilla entre les béquilles de sa voisine, pour aider à reconstituer le contenu de son sac à main qui, lorsqu'elle avait buté contre le cartable, avait jailli de son épaule et s'était déversé sur les alvéoles de gomme. Dehors, on entendait des klaxons. Pendant tout le temps qu'ils furent accroupis, la voisine de l'homme maintint avec sollicitude ses béquilles surélevées de quelques centimètres au-dessus du sol, pressées l'une contre l'autre. Le bus quitta enfin le feu rouge où les difficultés de la circulation l'avaient gardé trop longtemps immobile. Une main étrangère avait appuyé sur le bouton pour demander l'arrêt, aussi les portes s'ouvrirent-elles pour la libérer sitôt qu'elle se présenta.

TOUT de suite après les fêtes, on s'était mis à parler d'elle dans les journaux. Son grand jour, avançait-on, non sans quelque légèreté, avait été le 29 décembre, avec « des résultats extraordinaires dans tous les secteurs ». Mais précisément, rien d'extraordinaire n'avait pu se passer ce jour-là, on avait frôlé la prise de contact sans finalement aboutir à quoi que ce soit de décisif.

Plus d'une semaine s'était écoulée depuis le début du récit. Chaque fois qu'elles se croisaient, Mme Martinaux semblait très occupée. On la voyait de plus en plus souvent slalomer entre les rayons, escortée de petits groupes — sans doute des acheteurs venus de l'étranger. Deux fois, elles eurent même un embryon de conversation, mais elle n'osa pas lui réclamer la suite de l'histoire. Un matin, enfin, elle était venue à sa rencontre aux environs de dix heures sur le seuil du magasin 2 — celui par lequel elle commençait en général. Elle lui avait fait un petit signe de reconnaissance et s'était approchée, tout près, pour lui proposer à voix basse, comme si elle craignait d'être entendue, de monter prendre un café.

Une fois à Paris, reprit-elle sans préambule sitôt qu'elles se furent attablées l'une en face de l'autre, son mari, elle n'avait jamais trop su comment, avait atterri ici, oui, au Magasin ! En tant que technicien, on l'avait affecté au rayon Electroménager. Elle, elle était toute jeune vendeuse, elle faisait ses débuts, on la mettait un jour ici, un jour là, partout où il manquait quelqu'un. Ils avaient sympathisé, ils s'étaient plu, ils s'étaient mariés. Poussé par elle, il avait passé des concours et il avait fini par entrer dans l'administration. Peu après leur mariage, il avait voulu la présenter à la mère de Ginette. Les lettres de Leningrad arrivaient de plus en plus difficilement, bientôt elles n'arrivèrent plus du tout. La mère de Ginette, déjà âgée, ne savait pas quoi faire. Son mari avait fait de nombreuses démarches à l'ambassade mais on n'avait rien pu leur dire. Puis un jour, quelques années après, une autre lettre est arrivée : c'était Francine, la fille de Ginette, qui l'écrivait. Sa mère était morte, dans des conditions mystérieuses, au moment même où elle était sur le point d'obtenir son passeport pour rentrer en France. Si elle n'avait pas écrit avant, c'était pour ne pas s'attirer des ennuis, elle en avait eu déjà pas mal quand sa mère avait failli rentrer en France. Toute jeune, elle s'était mariée à quelqu'un de plus âgé qui lui avait offert sa protection. Elle avait eu une fille qu'elle avait appelée Ginette. A présent, les choses avaient beaucoup changé, les gens se lançaient des mots nouveaux, comme *perestroïka* ou *glasnost*. On disait que le pays commençait à s'ouvrir, on allait pouvoir sortir bientôt. Mais la mère de Ginette (la première Ginette, la marraine de guerre de son mari) avait eu le temps de mourir, sans connaître sa petite-fille ni son arrière-petite-fille. Depuis, cinq ans encore s'étaient écoulés. Mais elle, Mme Martinaux, et son mari, n'avaient pas perdu le contact. Ils s'étaient rendus deux fois à Leningrad, avant que son mari... Ils avaient vu Francine et sa fille, Ginette : ni l'une ni l'autre ne connaissaient la France, et pourtant elles vivaient là-bas comme l'auraient fait deux Françaises en exil. Ils avaient vu le mari de Francine, un homme qui en imposait mais qui ne parlait pas français, et aussi le mari de Ginette, l'officier russe qui s'était amouraché d'elle, et qu'elle avait suivi dans son pays, à la Libération : membre actif du Parti, il portait encore tous ses insignes agrafés à sa veste. De Ginette, il ne se souvenait plus rien, il avait perdu la mémoire peu après son arrestation.

Mme Martinaux fit une pause. Elle approcha de ses lèvres la tasse de café qu'elle savait pourtant vide, pour y avoir tourné longuement sa cuillère pendant qu'elle parlait. Les choses n'allaient jamais comme on aurait aimé. Toute cette chaîne stupide avait dû se dérouler, gâchant plusieurs vies, avant que les événements arrivent à retrouver leur cours normal, et encore... Ginette, la petite-fille de Ginette, était à Paris depuis quelques jours : on ne tarderait pas à faire sa connaissance.

Un peu après Noël, les grands sapins qui flanquaient les entrées latérales, de chaque côté, avaient été encapuchonnés de housses jaunes qui épousaient parfaitement leurs formes. Tout en bas, quelques boules et des nœuds s'échappaient encore par endroits, mal maîtrisés par la housse. On s'apprêtait sans doute à les remiser dans une des immenses réserves du huitième étage. A la mi-novembre de l'an prochain, on les ressortirait, on ôterait leur housse jaune, et ils s'exposeraient à nouveau.

Par contre, il fallut attendre bien au-delà des fêtes pour que l'on se décidât à faire quelque chose du côté des vitrines. A ce moment-là, depuis quelque temps déjà, les demi-sapins qui se profilaient en coupe longitudinale aux façades des trois magasins sur la rue de Rivoli avaient été remplacés. Sur la première affiche, en caractères disposés à la verticale, on lisait NOCTURNE. Sur la deuxième, JEUDI. Sur la troisième, 22 HEURES. Et de nouveau c'était la première affiche, puis la seconde... Et ainsi de suite, le rébus allait s'étalant sur toute la longueur des magasins, à intervalles parfaitement réguliers, exception faite, bien sûr, des espaces laissés libres pour la chaussée.

C'était lundi, elle arriva à dix heures moins le quart. Il faisait doux. Elle longea la façade de la rue de Rivoli, considérant le rébus des affiches qui s'agitaient mollement dans un souffle d'air, sans pouvoir arrêter son choix sur un magasin. Souvent, par superstition, c'était le magasin 3 qu'elle foulait en premier (celui qui portait malheur), pour se le concilier, pour surmonter son appréhension et ne pas perdre le contact. Mais aujourd'hui, c'était autre chose : le spectacle était à l'extérieur. La troisième vitrine (en partant de la gauche, quand on arrivait par le magasin Sports), l'atelier du luthier, avait déjà, selon un procédé désormais familier, été recouverte d'une juxtaposition d'affiches destinées à cacher ce qui se faisait derrière mais qui, mal jointes, laissaient toujours passer l'œil par des interstices. Un escabeau en fer-blanc était appuyé contre la vitrine de gauche — comme pour une invitation. Sur ce qui avait été la scène où se produisait Papageno, des planches, à présent, s'amoncelaient en piles inégales. Les loges, la scène, tout était désert. Quelqu'un avait posé un blouson vert kaki sur le rebord d'une des loges. Bientôt, on vit des éléments du décor sortir dans la rue, portés avec précaution par deux hommes, et être déposés sur des sortes de monte-charge qui stationnaient au début de la rue de la Monnaie.

Pourtant, la vitrine qui offrait le spectacle le plus désolant était celle du centre. Trois personnes entraient et sortaient, par la petite porte du fond, ouverte sur le Magasin. Sur le clavecin, une grande pièce de velours d'un rouge profond pendait. On y avait allongé tout près les unes des autres (leurs doigts se touchaient) des poupées « Corolle ». Les brunes et les blondes alternaient sagement, jambes orientées vers la rue de Rivoli. Quelques-unes d'entre elles avaient gardé leurs jambes repliées sur leur torse et dressaient leurs petits bras vers le ciel de la vitrine. Mozart avait déjà dû être emporté, ainsi que deux des plus grandes poupées, qui n'étaient pas visibles parmi la troupe des autres, sur la pièce de velours rouge. A dix heures dix très précises, on commença d'ôter les poupées : la silhouette d'une jeune fille se détachait sur l'ouverture du fond, avançait pour s'emparer des poupées qu'elle emportait par paquets de cinq ou six, pressées contre sa blouse, dans ses bras largement ouverts. Pendant ce temps, une autre femme, sans blouse, déroulait des affiches qu'elle appliquait et scotchait, le plus droit possible, des affiches d'un beau bleu nuit, avec un texte dont les caractères se fondaient au jaune des étoiles : nouveau, jeudi 22 heures, nocturne. Quatre affiches étaient nécessaires pour couvrir la vitrine centrale.

A dix heures trente-cinq, les loges gisaient à terre, mais la vitrine n°1, toujours à découvert, offrait un spectacle très vivant sur lequel les passants jetaient un regard absorbé ou indifférent. A onze heures trente, enfin, alors que la vitrine avait presque été entièrement vidée, la même jeune femme sans blouse blanche venait y apposer les affiches bleu nocturne.

Le soir du cocktail, on avait surtout parlé des événements du monde. Mme Martinaux avait évoqué l'Est et le cas de sa filleule qu'on allait voir débarquer un de ces quatre matins. Georges l'écoutait, pinçant les lèvres en une moue communicative : finalement, il n'y avait pas d'autre valeur que le commerce. C'était ce qui régissait l'univers, bien plus sûrement que n'importe quelle loi physique, grinçait-il. Et c'était tant mieux pour nous, tiens, M. Georges le philosophe, lançait d'un air malicieux la chef de service du samedi qui venait de se joindre au groupe. Puis la conversation avait roulé sur des sujets plus professionnels et on avait alors parlé des nouveaux horaires de nocturne qui seraient mis en place courant janvier. Quelqu'un avait essayé, à l'aide des dix doigts de ses mains, d'expliquer la chose aux deux peintres japonais. Ils avaient, l'un et l'autre, écouté avec attention, sans détacher le regard des mains de leur interlocuteur, puis au bout de quelques instants, alors que l'interlocuteur se préparait à reprendre au début, ils avaient incliné profondément la tête sur leur poitrine, soit pour remercier de ces explications, soit pour s'excuser de ne pas les comprendre, et on n'avait pu en savoir davantage.

L'effet perdura deux semaines environ. Puis la nouveauté s'estompa et le temps se referma comme une blessure guérie. Cela demandait pas mal de paperasses, c'était ça surtout qui était embêtant. Retirer de toutes les portes d'accès, en service ou condamnées, les autocollants transparents qui indiquaient les horaires en vigueur depuis plusieurs années, nettoyer la vitre à l'alcool, placer les nouveaux autocollants, presque semblables aux autres et pourtant suffisamment distincts pour qu'on les remarquât en entrant. Faire réimprimer les petits guides en version française et en anglais aussi (ce qui exigea beaucoup plus de temps que le renouvellement des autocollants). Prendre l'habitude du jeudi, et la faire prendre à la clientèle, souvent indocile, qui ne se laissait pas mener comme on voulait. Pourtant, tout rentra dans l'ordre au bout de quelques semaines. A tel point qu'il apparut bientôt que, d'ici peu de temps, on aurait perdu jusqu'au souvenir des anciennes nocturnes qui avaient marqué la cadence de la vie durant tant d'années. Sous peu, de jeunes vendeuses, fraîchement embauchées, la regarderaient, incrédules, un pli d'ironie au coin des lèvres, quand elle évoquerait les deux nocturnes d'autrefois. Pour preuve, elle brandirait devant elles un exemplaire de l'ancien guide, qu'elle conservait avec d'autres papiers importants dans sa table de nuit, dans un tiroir qui craquait et résistait avant de se laisser ouvrir.

DANS la main gauche, la bourse, le réticule, le filet à provisions, le sachet gris en plastique raide et bruissant comme un amas de feuilles mortes ; sur l'épaule droite, porté en bandoulière, le sac de cuir. D'un beau cuir grainé noir, il était de taille moyenne, pouvant recevoir, au besoin, quelques achats imprévus : une demi-baguette, une boîte de sucre en morceaux, deux ou trois pelotes de laine. Elle en avait fait l'acquisition ici même : c'était un beau jour de printemps, Mme Martinaux lui avait prodigué ses conseils. Elle le serrait contre son flanc dans l'escalier mécanique, quand l'homme s'était collé, encore, derrière elle, un escalier si étroit qu'un seul adulte pouvait tenir dans la largeur, presque un escalier de poupée. Elle s'était rabattue le plus possible sur la droite, pour lui laisser le passage libre, le mettre dans l'obligation de la dépasser, qu'il passe, qu'il monte, qu'elle le voie de dos, qu'elle puisse le détailler, mais lui n'avait pas bougé. Elle avait fait une pause, exprès, au troisième étage, rayon Vaisselle. Elle avait choisi et acheté plusieurs tasses avec des soucoupes dépareillées, des fins de série présentées dans un carton à hauteur d'homme où une main peu soucieuse de l'orthographe avait écrit : « Coup de ballet ». A la caisse, en échange d'une somme modique, on lui remit deux grands sacs où s'entrechoquaient les tasses et les soucoupes — ça tombait bien, elle l'avait constaté avec désolation le dimanche précédent : le dernier sac de la même taille qu'elle eût en sa possession donnait des signes de fatigue aux anses. L'opération prit une dizaine de minutes. Là-bas, près de l'escalier mécanique qu'elle devrait emprunter pour se rendre au cinquième, il attendait. Du quatrième au cinquième, le même scénario se renouvela, sauf qu'il était, si c'est possible, encore plus étroitement collé à elle — elle sentait son souffle dans son cou. Elle avait fendu d'un trait le rayon des draps et serviettes, il était toujours derrière, mais sitôt qu'elle avait abordé les tabliers et torchons, sacs à pain et toiles cirées, elle le sentit prendre ses distances. Tremblante, elle avait poussé la porte du bar. Tout était habituel : Janine à la caisse, Albert devant la machine à café. Elle ne trouva pas la force de prendre son café debout, accoudée au bar. Ses jambes étaient de coton, son cœur cognait violemment dans sa poitrine. Elle avisa une table libre, contre le mur. Pour la réserver (il y avait du monde à la caisse, il faudrait faire la queue), elle alla y déposer son sac à main qu'elle recouvrit des deux sacs en plastique cristallisé qui renfermaient les soucoupes et les tasses désassorties. Elle ne gardait que son porte-monnaie et allait se placer, encore tremblante, dans la queue qui menait à la caisse, à Janine. Quand elle revint, portant avec précaution une tasse de chocolat fumant, la table était toujours libre. Mais quelqu'un avait pris l'un des tabourets. C'était une dame qui lui fit, de loin, un petit signe de la main : elle s'excusait, mais elle ne s'était pas trompée, elle était seule, n'est-ce pas ? C'était une habituée, on la voyait surtout le vendredi. Elle devait avoir quelque chose à faire dans le quartier ce jour-là, une visite de routine chez un docteur, le déjeuner hebdomadaire d'une association de bénévolat. Il eût été facile de le savoir, car l'autre était toute prête à lier amitié : chaque vendredi, de l'autre bout de sa rangée, elle lui lançait des appels de sympathie, des regards de connivence, tout en exhibant à dessein un journal gratuit intitulé *Le 60* qu'il était très rare d'arriver à se procurer dans Paris. Janine ne l'aimait pas, elle disait qu'elle mangeait salement : après elle, il fallait nettoyer non seulement la table mais aussi le tabouret où elle s'était assise, ses miettes de croissant, elle en mettait partout.

Elle détourna les yeux vers sa tasse de chocolat fumant qu'elle avait posée sur la table avant de se hisser sur le tabouret. Le tremblement qui secouait ses membres s'arrêta. Elle descendit du tabouret, ajusta son manteau, souleva d'une main les sachets des tasses et soucoupes qui s'entrechoquèrent dans un bruit de porcelaine brisée, avança la main droite pour reprendre son sac. Son sac — disparu ! Elle poussa un petit cri. Janine — qui n'avait momentanément pas de clients — crut qu'elle se trouvait mal. Elle souleva avec précipitation la partie du comptoir qui était amovible, et accourut vers elle. Ensemble, elles fouillèrent du regard la moquette, dérangèrent les gens assis à côté qui descendirent de leur siège de bonne grâce. On ne trouva rien. Elle prit même sur elle de se diriger vers l'autre, au bout de la rangée, qui retrouva instantanément l'espoir. Ses yeux brillaient de contentement : mais non, elle n'avait rien vu, pourtant c'était étrange, parce que le tabouret, elle était allée le prendre presque tout de suite, elle l'avait vue déposer les deux sacs en plastique gris, quelque chose de lourd dedans et de fragile, sûrement, parce qu'elle les avait déposés avec précaution sur son sac à main, et elle avait rejoint la queue, ça elle en était sûre. Après, quand elle avait été assise à l'autre bout de la rangée, là, ici même où elle était, vu qu'elle se trouvait bien en face, automatiquement, si quelqu'un s'était approché de ses affaires, elle l'aurait vu, si une personne pouvait le voir, c'était bien elle. Le vol avait dû se commettre au moment où elle avait le dos tourné, c'est-à-dire pendant qu'elle traînait le tabouret jusqu'à l'autre bout de la rangée, la seule place encore libre, elle ne voyait que ça. Janine disait qu'il fallait aller à la police, quai de l'Hôtel-de-Ville, ce n'était pas très loin. D'abord, on pouvait passer aux Objets Trouvés, il y avait une chance. Si c'était de l'argent qu'ils cherchaient, quand ils avaient vu qu'il n'y en avait pas, parce qu'il n'y en avait pas, n'est-ce pas, puisqu'elle portait son porte-monnaie sur elle, ils avaient pu jeter son sac dans un coin du Magasin. Albert proposait de s'occuper du comptoir et de la caisse, et elle sortait, escortée de Janine. L'autre, au bout du rang, échauffée par l'aventure, continuait à donner son avis. Elle aurait bien voulu les suivre mais elle n'osa pas.

Elles poussèrent une porte battante et pénétrèrent dans une petite pièce qui sentait l'encaustique. Il y avait des manteaux accrochés un peu partout : l'endroit servait aussi de vestiaire pour le personnel. Janine poussa un cri. L'employé des Objets trouvés, un petit homme sec aux gestes précis, était en train d'apposer sur son sac une étiquette autocollante, où il avait inscrit le jour et l'heure du dépôt — comme ça on savait, on se rendait mieux compte, les gens posaient toujours la question, ils voulaient savoir quand exactement on les avait retrouvés. Ce sac, un homme l'avait apporté, il n'y avait pas cinq minutes. Comment il était? Grand, distingué, bien de sa personne, pas le genre à voler des sacs à main aux dames, il avait dit qu'il l'avait trouvé au rayon Parfumerie-Hommes, éventré, par terre, et il l'avait porté jusqu'ici. Il n'avait pas voulu signer la fiche de dépôt, comme quoi il avait trouvé le sac et que, dans un an et un jour, si personne ne s'était présenté, le sac était à lui. L'employé n'avait jamais vu aucun objet être réclamé par son propriétaire avec une telle promptitude. Il s'en émerveillait. C'était simple : il n'avait même pas eu le temps de l'ouvrir. D'ailleurs, si elle voulait bien en faire l'inventaire, elle se rendrait compte par elle-même. Les doigts tremblants, elle ouvrit le sac. La fermeture Eclair semblait légèrement faussée, elle résista un peu. Rien ne manquait : ses papiers, son carnet d'adresses, quelques lettres, une liasse de tickets de caisse qu'elle n'avait pas encore jetés, la petite trousse à maquillage en daim matelassé, un calendrier de poche, une boîte de médicaments, un trousseau de clés, un stylo avec la plume en or, un carnet de chèques. Rien ne manquait. Derrière la trousse à maquillage, bien calée contre la face intérieure du sac, la couverture en papier glacé d'un livre qui ne lui appartenait pas. Bon, puisque rien ne manquait, tout était bien qui finissait bien, il y avait eu plus de peur que de mal : Janine se sauva en courant. C'était bientôt l'heure du déjeuner, Albert devait commencer à être débordé. L'employé lui présenta un reçu qu'elle signa, arracha à regret l'autocollant avec la date et l'heure du dépôt qu'il venait à peine de coller sur le sac, et se mit à parler. Tous ces objets perdus dont personne ne s'inquiétait ! Par exemple, des sacs qu'on rapportait des mois après, qui pouvait dire où ils étaient passés pendant tout ce temps, hein ? Et cette dame qui était venue réclamer son sac une année jour pour jour après qu'elle l'avait perdu (non, non, avec la date et l'heure qu'on collait dès réception de l'objet, pas moyen de s'être trompé). D'ailleurs, elle-même, la dame, sans vouloir être trop précise, avait reconnu sans difficulté avoir mis quelque temps avant de venir. Bon, c'était pas tout ça, elle avait sans doute autre chose à faire, en plus c'était l'heure du déjeuner, il fallait procéder à la fermeture. Elle s'inquiéta : qu'arrivait-il quand un objet était trouvé pendant l'heure du déjeuner ? La question le mit dans l'embarras, il leva les bras au ciel en poussant un grand « ah » d'impuissance.

Elle n'osa pas sortir du magasin pour manger le

sandwich de viande froide qu'elle s'était confectionné le matin avant de quitter la maison. Si le livre avait été pris au rayon Librairie sans avoir été payé, au moment où elle franchirait les barres métalliques, une sonnerie la désignerait comme voleuse, on ferait cercle autour d'elle, on l'emmènerait au huitième étage, dans le magasin qui portait malheur, elle aurait affaire au même homme en complet bleu que la première fois, il la reconnaîtrait, il menacerait d'avertir son fils.

Plus tard, elle approcha plusieurs fois d'une des sorties sans oser franchir les barres de contrôle. Tout l'après-midi, elle restait prisonnière du magasin 2. Le soir, un peu avant l'heure de la fermeture, rassemblant ses forces et son courage, elle sortit, toute droite, par la porte principale qui donnait sur le Pont-Neuf. Une fois dehors, elle poussa un soupir de soulagement, aucune sonnerie ne l'avait désignée comme voleuse, personne ne l'avait retenue. Rentrée chez elle, elle ouvrait son sac et le sortait. C'était un livre ordinaire. Une photo ancienne ornait la couverture. A l'intérieur, des caractères serrés s'organisaient en chapitres brefs. Aucun message, aucune dédicace, pas un seul mot souligné : le livre ne semblait pas lui être destiné. Sur la couverture, dans un coin de la photo, un petit cadre blanc donnait le titre. Elle le posa avec égards sur la table de chevet. On verrait ça ce week-end.

QUAND il s'arrêtait de venter, c'était aussitôt pour se mettre à pleuvoir des trombes d'eau. Ainsi, en une seule journée, celle du 12 ou du 13, on avait eu de la pluie, une bourrasque de neige et un soleil du plus bel éclat. Georges avait passé toute la journée à échanger ses stocks, en fulminant de rage.

Mme Martinaux revenait en courant. Elle brandissait dans son poing un petit paquet de fiches blanches maculées de chiffres. Il fallait refaire les listings, on lui avait trouvé une erreur. Une erreur, la première, en trente ans de maison ! On voyait qu'elle était sur le point de les quitter, avait grincé la chef comptable : une sale bête, une vieille peau, avec une tête de momie, elle lui gardait un chien de sa chienne, à celle-là. Il valait mieux s'y remettre tout de suite, après, ça lui paraîtrait insurmontable, elle n'aurait plus la tête à cela. Mais si on lui parle tout le temps, elle n'y arrivera jamais. Elle portait un tailleur gris qui lui serrait un peu trop la taille. Elle déboutonna entièrement la veste, rajusta le jabot du chemisier et disparut par une porte latérale qui s'amorçait près du rayon Maroquinerie.

Le client avait demandé son avis et, sans enthousiasme mais de bonne grâce, la vendeuse le lui avait donné : l'idéal, c'était un bel article de maroquinerie. Un sac, si c'est une dame élégante, ça lui fera plaisir, un portefeuille cuir pleine peau à cinq cent quatre-vingt-quinze francs, ou un porte-monnaie à soufflets, très astucieux. Le client aussi était dans le commerce. Mais, maintenant, il avait raccroché. C'était pour sa fille, elle les avait reçus pour les fêtes, royalement, tout ce qu'il y a de mieux. Elle avait une loge à Paris. Eux, ils venaient d'Angoulême — et sa femme faisait oui de la tête, silencieusement. Elle avait l'air fatiguée. La bandoulière de son sac pendait autour de son cou comme une laisse. Le mari sortit de son porte-cartes en skaï un billet de train qu'il tendit à la vendeuse : ils repartaient cet après-midi pour Angoulême, mais à quelle heure déjà ? Tenez, c'était marqué là. Juste le temps de faire quelques achats et hop ! ils seraient dans le train pour Angoulême, ils arriveraient chez eux, là-bas, ils avaient un petit bout de terrain, on respirait. A Paris aussi, c'était bien. La vendeuse jetait un regard distrait sur le billet de train en leur remettant le sac et le ticket de caisse. Un peu décontenancés, ils saluaient poliment et s'éloignaient.

Ginette arriva dès le lundi suivant. Mme Martinaux l'avait fait affecter aux pelotes de laine. C'était un peu ingrat, reconnaissait-elle, mais, au moins, elle apprendrait du vocabulaire. Ginette — c'était drôle ce prénom pour une jeune fille qui avait à peine plus de vingt ans — ne se distinguait en rien des jeunes filles de son âge. Elle semblait avoir toujours vécu ici.

C'est à peine si, de temps à autre, le choix d'un mot la trahissait.

Ce jour-là, Georges n'était pas bien. Il prenait à partie Ahmed, assis sur un pliant de l'autre côté de la chaussée, qui ne lui ressemblait en rien et dont le stock était très différent (des petits coussins carrés en peluche et des dessus de chaise à imprimé provençal). Elle était rentrée chez elle sans attendre l'heure de la fermeture. C'était la première fois qu'une telle chose se produisait, aussi, en franchissant le pas de sa porte, elle se sentit toute drôle. La veille, allongée sur le canapé, les jambes légèrement surélevées pour faciliter la circulation, elle avait lu le livre à la couverture sépia. A mi-chemin entre l'ethnologie et la religion, il parlait d'un peuple qui continuait de vivre selon les rites des temps bibliques. Les femmes jouissaient, au sein de cette société, de privilèges incomparables. Encore aujourd'hui, c'est la jeune fille qui désigne le fiancé qu'elle s'est choisi et il se doit de lui verser une dot. Elle en était là de sa lecture quand on avait frappé à la porte. C'était son fils, accompagné de l'aîné de ses enfants. L'enfant sembla heureux de la voir. Il se jeta dans ses bras. Elle leur offrit un verre de grenadine et quelques biscuits anglais dont Mme Martinaux lui avait recommandé l'achat. Son fils se mit en colère contre l'enfant qui trempait ses gâteaux dans la grenadine qu'il aspirait ensuite bruyamment. Il s'assit sur le canapé et son attention fut attirée par le livre à couverture sépia. Il la taquina gentiment : depuis quand lui arrivait-il de lire autre chose que les gratuits ? Il parcourut le volume avec attention et voulut savoir si c'était bien. Elle répondit qu'elle n'avait pas encore fini de le lire, en épongeant la toile cirée où l'enfant venait de renverser son verre de grenadine. Il regarda encore une fois la couverture puis reposa le livre, ouvert à la page où elle s'était arrêtée : il n'était pas très tard, mais si ça ne l'ennuyait pas trop, ils allaient partir maintenant, après, ce serait l'enfer sur le périphérique.

Le jour qui précéda son départ, Evelyne Martinaux l'avait invitée à boire un café au bar. Elles s'étaient donné rendez-vous en début d'après-midi, on avait tout le temps qu'on voulait devant soi, la journée serait longue. C'est alors qu'elle lui conseilla, en toute amitié, de solliciter sa place qui, dès le lendemain, allait être libre, du fait de sa démission. Enfin, sa place, non pas exactement, c'était la chef du samedi qui l'aurait, mais celle de la chef du samedi, par exemple. Trouver quelqu'un n'était pas aussi évident qu'on aurait pu le croire, et si elle, Evelyne Martinaux, la recommandait auprès de la direction avant de partir, elle avait toutes ses chances. Elle crut que ses oreilles brûlaient : comment ? jamais une heure de répit, toujours quelque chose à voir, encore du nouveau à ingérer, répertorier, classifier, à peine un petit dimanche pour se retourner, et il faudrait, en plus, solliciter sa place (ou celle de la chef du samedi, ce qui revenait au même) ! Evelyne Martinaux n'était pas bête et était bien placée pour comprendre le problème, mais tout de même, cela ne l'empêchait pas de reposer sa tasse marquée de rouge à lèvres un peu bruyamment sur la soucoupe et de se lever en disant adieu avec un soupçon de rancune dans la voix.

DES jours différents commencèrent à couler. Mme Martinaux avait dit vrai : ce fut la chef du samedi qui, dès le début du mois suivant, prit sa place. Il s'ensuivit qu'une autre chef du samedi fut nommée, au grand dam des vendeuses, qui la trouvaient inhumaine. La vendeuse bas et collants-jeunes créateurs, surtout, avait des motifs de plainte. C'était une femme déjà âgée. Ses jambes enflaient, son médecin lui déconseillait formellement la station debout. Tous les jours de la semaine, on s'arrangeait, un petit tabouret, qu'on glissait sous l'étalage quand on s'occupait du client, faisait l'affaire. Mais le samedi, la nouvelle chef le lui interdisait, elle était sûre que ça se remarquait tout de suite, que ça faisait mauvais effet auprès de la clientèle. Cela donnait au client l'impression qu'on ne tournait pas à plein régime, puisqu'on trouvait le temps de s'asseoir. Elles avaient eu plusieurs disputes puis, pour couper court, la vendeuse avait fini par se faire remplacer le samedi, au lieu du lundi qui était le jour de relâche généralement choisi par les autres vendeuses.

La rue de la Monnaie était triste. Georges n'avait

pas rouvert son stand depuis quelques jours ; Ahmed n'avait plus à qui parler. Il n'avait aucune nouvelle de Georges, mais il pensait qu'il devait avoir la grippe.

La période des soldes avait pris fin. Dehors, on avait ôté les décorations de Noël. Une autre vague de froid s'annonçait. Chaque jour, on engrangeait les articles de la nouvelle saison. On avait refait les vitrines qui donnaient dans la rue de Rivoli : sur de grandes cordes à linge qui occupaient toute la largeur, on faisait mine de faire sécher des draps et des torchons dans des dégradés de bleu. A terre, des paniers chargés d'épis de blé artificiels, et des instruments agraires. L'ensemble était d'un effet curieux.

Quand la sonnerie qui annonce la fin de la journée et la fermeture imminente du magasin retentit, elle regarda sa montre, incrédule. Il était bien dix-huit heures cinquante. On la priait de rejoindre les caisses pour régler ses derniers achats. Sur le chemin de la caisse, deux Anglaises l'arrêtèrent. Elles voulaient savoir quelque chose, elles répétèrent plusieurs fois des mots qui se ressemblaient en les doublant de gestes. Elle se souvint que, quelques mois auparavant, quand elle s'était approchée du groupe où se tenait Mme Martinaux, elle l'avait entendue parler anglais. Comme elle s'en étonnait, Mme Martinaux avait acquiescé, prenant un air un peu mystérieux. Depuis quelque temps, elle suivait des cours, le jeudi. C'est vrai que, le jeudi, on ne la voyait jamais à la fermeture du Magasin. Elle filait un peu avant l'heure habituelle, sans dire au revoir à personne. Si elle était restée, comment aurait-elle fait, avec le nouveau nocturne du jeudi ? Les deux Anglaises s'étaient impatientées et se dirigeaient à présent vers une vendeuse qui mettait de l'ordre dans son sac.

Aux différentes entrées principales, un écriteau disait qu'exceptionnellement pour cause d'inventaire ce jeudi, ouverture à onze heures trente. Comme il faisait froid, la plupart des clients étaient allés se réfugier en face, à « La Pyramide ». « La Pyramide » ne s'était pas toujours appelée « La Pyramide ». Quelques mois plus tôt, « Le Relais lorrain » avait été racheté et, après quelques travaux de rénovation substantielle, était devenu « La Pyramide ». Depuis lors, sous la nouvelle enseigne, un grand bandeau de toile molle annonçait « Changement de propriétaire ».

Les clients surpris comme elle par l'inventaire se reconnaissaient à leurs manteaux marron, beiges, bleu marine, à l'attente affichée sur leur visage. D'autres aussi, avec des manteaux sombres, imprimés de carreaux timides, buvaient des cafés en regardant fréquemment au-dehors, mais, au bout d'un laps de temps plus ou moins long, cela dépendait des cas, ils tiraient de sacs posés à côté d'eux, sur une chaise à part, des journaux, des calepins, des feuilles de papier, et ce geste suffisait à les exclure avec certitude du groupe.

Sur le bord du trottoir, une religieuse avait lié connaissance avec un couple d'âge mûr. Elle venait de Jouy-en-Josas et pensait que l'inventaire serait sans doute moins important qu'on ne l'avait d'abord imaginé, ou les vendeurs plus efficaces qu'on ne le supposait, c'est pourquoi tout serait bouclé à dix heures quarante-cinq-dix heures cinquante et on pourrait ouvrir au public dès onze heures, cela s'était déjà vu. D'autres s'obstinaient à pousser les portes latérales qui résistaient parce que, forcément, ça trompait toute cette lumière qu'on voyait à l'intérieur. Un bus s'engouffra dans la rue de la Monnaie qui séparait le magasin 4 du magasin 1, portant un panonceau où on lisait « Ferrier, c'est pou » et « Noyeux Joël », que tout le monde suivit des yeux car c'était précisément à cette entrée du magasin 4 que la foule était la plus nombreuse. A partir de onze heures dix, il devint clair qu'on n'ouvrirait pas avant l'heure dite. La religieuse avait dû se fatiguer et repartir pour Jouy-en-Josas, car on ne distinguait plus sa silhouette près du couple d'âge mûr. La foule ne cessa plus de grossir jusqu'à onze heures trente. La veille — c'était sans doute la raison pour laquelle elle n'avait pas remarqué les affiches qui annonçaient l'inventaire —, un des hommes, selon sa technique habituelle, s'était collé à elle quand elle franchissait la porte numéro 28. Quant au matin, si elle n'avait rien vu, c'était sûrement parce que les affiches ne devaient pas encore avoir été fixées, ou alors elle était distraite, ou bien plus assez attentive, ou encore on avait voulu lui faire toucher du doigt qu'elle restait étrangère, malgré tout. Par quelque côté que l'on prît la chose, elle était amère, toute hérissée de piquants qui faisaient mal.

C'EST vers cette époque que Georges réapparut. Il n'allait pas bien. Un voile couvrait le bleu de ses yeux et il marmonnait sans cesse à mi-voix des dialogues où il semblait tenir plusieurs rôles. Lui si prompt autrefois n'arrivait plus à suivre le rythme : quand il pleuvait, il déballait les sous-vêtements laine et coton, quand la pluie cessait, il sortait son fonds des jours de pluie : parapluies-impers-capuches en plastique-essuie-lunettes-caoutchoucs. Ahmed l'aidait du mieux qu'il pouvait, mais son propre stand réclamait aussi de nombreux soins. Le soir, à la nuit close, un peu avant l'heure de la fermeture du Magasin, on voyait leurs deux silhouettes penchées sur le stand de Georges. Bientôt, Georges levait les bras au ciel et se laissait tomber sur le petit pliant encore ouvert sur le trottoir. Ahmed finissait seul de ranger dans leurs housses protectrices les sous-vêtements laine et coton, avant de retraverser la rue pour fermer son propre stand. Depuis quelque temps, elle avait pris l'habitude, le matin, d'apporter un café brûlant à Georges. Janine lui remettait, bien fermé par un couvercle, le gobelet de plastique, qu'elle descendait porter jusque dans la rue de la Monnaie. Georges la regardait s'avancer avec reconnaissance. Sans dire un seul mot, il buvait le café brûlant, sans sucre ; quand il avait fini, il lui faisait un bout de conversation. Le vide de ses yeux s'estompait un peu, il s'animait, l'espace d'un instant il semblait être redevenu lui-même.

Par hasard, elle monta ce matin-là, en priorité, au rayon Habillement Femmes. Le personnel était en effervescence : on parlait d'eux dans le journal. Une dizaine de jours plus tôt, une journaliste était venue enquêter sur le terrain. Elle était restée une bonne demi-journée, parlant avec plusieurs vendeurs, interrogeant la chef de rayon, soupesant de nombreux articles, hochant la tête bien des fois.

Le journal circulait, tout le monde voulait savoir. La chef de rayon frappa dans ses mains : une fois n'était pas coutume, on n'avait qu'à se réunir près de la caisse 4, on ferait la lecture à haute voix. Les clientes étaient encore rares, on pouvait se permettre de prendre un quart d'heure. Toutes les vendeuses et les vendeurs du rayon s'attroupèrent autour de la caisse 4 et la chef de rayon commença la lecture à haute voix. Au fur et à mesure que la chef lisait, les visages changeaient d'expression. L'une, petite, enjouée, avait déclaré qu'elle ne supportait plus les clients. Et tous les regards se mirent à chercher la petite, enjouée. Une autre s'était plainte d'être traitée comme du bétail par la clientèle. La troisième, une grande brune — et les regards se mettaient à chercher de conserve la plus grande des vendeuses brunes —, avait proclamé qu'entre la dictature du client et celle du chef de rayon, à tout prendre, elle choisissait le client. Et ainsi de suite comme ça, sur quatre colonnes plus une demie. La lecture s'acheva dans un silence complet. Les vendeurs, une douzaine en tout, des femmes en majorité, gardaient la tête fléchie sur leur poitrine, comme des fleurs fatiguées, fixaient leurs souliers d'un air humble, tandis que la chef roulait sur son équipe de gros yeux durs, avant de donner l'ordre de se disperser.

Elle comprenait mal de quoi il retournait, mais une chose était sûre : il était à peine neuf heures cinquante-cinq, mieux vaudrait éviter le rayon Habillement-Femmes jusqu'à l'heure du déjeuner, au moins. Ils étaient en train de regagner leur poste, muets, la mine basse, quand la chef avait changé d'avis, les avait rappelés à elle. Un à un, ils étaient revenus se placer autour d'elle, près de la caisse 4. Ils savaient, l'année dernière, elle avait fait un stage de cinq semaines au Japon. Au Japon, racontait-elle, un personnel tout spécialement formé dans ce but s'occupait de l'accueil, des saluts et des sourires à la clientèle, à l'entrée des magasins. Elle leur conseillait de méditer l'exemple et les renvoyait à leur stand d'une petite voix sèche.

QUE pouvait-on lui vouloir à la fin ? Mme Martinaux — c'était vraiment dommage qu'elle soit partie si vite, tranchant net dans leur amitié adolescente —, Mme Martinaux pensait qu'il y a des gens bizarres partout, et qu'un grand magasin — qu'elle songe un peu : un endroit où il fait chaud, où il y a toujours quelque chose à voir, où l'on se sent presque justifié d'exister, où personne ne demande rien à personne — offrait un concentré de tous les exemplaires humains. Elle avait sans doute raison.

Une fois déjà, il y avait de cela neuf à dix mois, un homme avait cherché à établir un contact avec elle, la priant d'accepter le titre de « présidente de l'ADAGS ». Elle avait dévisagé son interlocuteur, incrédule. Il avait l'air sérieux, pourtant. Plusieurs fois, elle avait entendu parler de l'Association des arpenteurs de grandes surfaces qui existait depuis une date déjà ancienne aux Etats-Unis. Justement, renchérissait l'homme, l'Association, déjà ancienne et puissante aux Etats-Unis, souhaitait la naissance d'une filiale française. Il avait l'air sérieux, mais quelque chose, dans la chair grasse de son visage, ressemblait à de l'obséquiosité et elle avait mis tous ses efforts à se défaire de lui. Elle l'avait revu au Magasin, deux jours plus tard, un vendredi, entamer la discussion avec la femme qui lui lançait des signes d'amitié, de l'autre bout du bar, celle qui avait été témoin — et peut-être plus que témoin — de la disparition de son sac, un autre vendredi. Cependant, il semblait que le cas, cette fois-ci, avec ces multiples prises de contact, sans cesse recommencées et toujours avortées, fût très différent. Si toutefois, en dépit des apparences, il s'agissait d'une nouvelle tentative pour faire d'elle la présidente de l'ADAGS en France, ce dont elle doutait mais, encore une fois, ce n'était pas impossible, il lui faudrait expliquer à l'un des hommes en loden, comme elle l'avait déjà fait à l'autre, qui paraissait sérieux malgré la chair grasse de son visage, qu'elle n'arpentait pas les grands magasins en général, que, pour être précise, ses activités se cantonnaient à celui-ci, qu'elle ne se sentait rien de commun avec l'engeance avide et vaine des arpenteurs de grandes surfaces. Il protesterait qu'on n'était pas toujours bien conscient de l'engeance à laquelle on appartenait — et la graisse de ses joues tressauterait pour ponctuer sa phrase —, qu'un essai de deux ou trois mois ne coûtait rien et prouverait sa bonne volonté aux dirigeants américains. Elle répondrait qu'elle ne voyait aucun motif valable de se plier à ce genre d'obligations, il repartirait que sa seule obligation, en tant que présidente de l'ADAGS, serait d'arpenter, ce que, de fait, elle faisait déjà, etc. Une douleur suraiguë la lança dans la poitrine : elle prit appui contre la rampe de l'escalier bleu canard constellé de feuilles en or.

Un peu avant l'heure de la pause, une conversation nourrie s'était engagée entre les deux vendeuses : c'était une cliente qu'elle avait vue arriver de loin. Grand genre et petits moyens. Elle avait fichu en l'air tout le rayon. Et ni merci ni rien, je vais réfléchir, elle avait dit avant de tourner les talons. Plus d'une heure il avait fallu pour tout remettre en place. Pour six mille sept cents francs par mois, bruts, il y avait des jours où on se demandait si c'était bien sérieux. L'autre vendeuse semblait également indignée. Elle, récemment, sa cliente avait rameuté tout l'étage, faisant un grabuge pas possible, c'était arrivé jusqu'aux chefs, ils étaient en réunion dans la salle de conférence, ils étaient venus voir, elle avait eu chaud pour sa place. La cliente voulait échanger un collant en lycra, les modèles opaques de luxe, les chers, ceux qu'on n'échange pas. Elle, la vendeuse, refusait : on voyait la marque des pieds, ça avait déjà été porté, c'était évident, ou essayé du moins. La cliente ne cherchait pas à nier : seulement, c'était la faute de la vendeuse, pas elle, une autre, une qui était là le lundi, avec sa taille et son poids elle lui avait conseillé de prendre taille 3 parce que c'était pas très élastique, cette matière, disait-elle, seulement, c'était beaucoup trop grand, ça faisait des poches aux genoux, ça bâillait sur la jambe, bien sûr qu'elle avait dû le passer, comment elle l'aurait su, sinon ? La vendeuse s'énervait, la cliente devint rouge, postillonna sur un bac de collants en liquidation, menaça d'acheter ses bas ailleurs qu'ici, elle qui les achetait au Magasin depuis plus de dix ans, sans doute qu'elle n'était même pas encore vendeuse à cette époque-là. Quittant leur place autour de la table ronde, les chefs de rayon arrivaient par petits groupes, se faisaient raconter toute l'affaire, posaient quelques questions en évitant le regard de la vendeuse, puis annonçaient à la cliente qui poussait un soupir de soulagement qu'on allait lui échanger l'article, mais qu'à l'avenir... Qui avait eu tort, qui avait eu raison dans l'histoire, la cliente qui s'estimait lésée par la vendeuse du lundi, ou la vendeuse responsable des autres jours qui refusait de se soumettre aux caprices de la clientèle ? Cet article qui avait été publié dans un journal, celui qu'on avait fait sur le rayon Habillement-Femmes, il était tombé un peu durement, mais il fallait bien qu'il soit écrit un jour ou l'autre, n'est-ce pas ?

L'état de Georges était stationnaire. Ahmed et elle le traitaient comme un enfant malade. A l'heure du déjeuner, ils se relayaient pour l'accompagner prendre quelque chose de solide à la cafétéria. Janine, qui plaisantait toujours avec lui par le passé, le scrutait avec inquiétude et s'empressait de leur envoyer le jeune blond déférent (qu'on avait embauché après les fêtes) prendre la commande. Georges mangeait avec appétit. Pourtant, elle ne pouvait s'empêcher d'avoir la certitude que, si personne ne lui avait rappelé l'heure du déjeuner, il aurait facilement oublié de se nourrir.

Beaucoup de choses avaient changé depuis le départ de Mme Martinaux. Le dernier jour du mois, cependant, restait semblable à ce qu'il avait toujours été, du temps où le magasin 3 avait commencé à porter malheur.

LE dernier jour du mois, l'ascenseur qui desservait le huitième étage n'arrêtait pas de monter et de redescendre — pas l'ascenseur aux grilles jaune citron mais l'autre, de facture plus moderne, qu'on découvrait au bout du rayon Maillots de bain-Jogging-Danse, légèrement en retrait derrière les présentoirs de tutus. Il transportait, seuls ou par petits groupes, des hommes et des femmes qui arboraient, agrafé sur leur poitrine, un badge gris à l'effigie du Magasin. Entre vendeurs et vendeuses, c'était la plaisanterie rituelle qu'on échangeait pendant toute la durée du dernier jour ouvrable du mois : l'autre (celui à qui on s'adressait) était-il déjà monté « au paradis » ou était-il sur le point de s'y rendre ? Le dernier jour du mois, les vendeurs et les chefs de rayon, les vigiles et les magasiniers, les contrôleurs et les stagiaires, à tour de rôle, prenaient l'ascenseur pour se rendre au huitième étage. Là-haut, aux services administratifs, en échange d'une signature, ils recevaient un chèque et un bulletin de salaire. C'était un usage un peu antique qui ne devait plus avoir cours nulle part, mais qu'on avait tenu à maintenir ici pour favoriser le contact humain entre le personnel et l'administration. Un seul ascenseur du magasin 3 menait « au paradis » (l'autre, le jaune citron, ne desservait ni le septième ni le huitième, dits « étages administratifs »). Pris d'assaut par le personnel, celui-ci devenait, l'espace d'une journée, inaccessible aux clients qui, le reste du mois, l'empruntaient à l'égal de l'autre.

Elle revenait — par sous-sols interposés — du niveau moins 1 du magasin 4, rayon alimentaire, où, pour neuf francs quatre-vingt-quinze, elle avait fait l'achat d'un paquet de gâteaux secs, quand la tentation fut la plus forte. En fait, si l'on voulait être tout à fait exact, c'était plus une affaire de hasard que de résolution consciemment mûrie. Elle remonta l'escalier couvert d'un revêtement de linoléum qui adhérait aux talons des chaussures, déboucha au niveau du rez-de-chaussée, aborda les ballerines et les tutus. Sur son passage, une sonnerie retentit et les portes de l'ascenseur — celui qui menait « au paradis » — s'ouvrirent : il était vide. Quelqu'un avait dû l'appeler, sans avoir eu le temps ou la patience d'attendre qu'il arrive. Elle s'y engouffra et appuya comme par réflexe sur le bouton du huitième. L'ascenseur trembla un peu, amorça la montée. Une des parois latérales était vitrée et donnait sur le dehors. Le trottoir grisâtre s'éloignait comme un élastique qu'on lâche, c'était comme monter en plein ciel. Il s'immobilisa. Les portes s'ouvrirent toutes seules sur un long couloir moquetté de gris, désert. Comme en rêve, elle avançait dans le long couloir qui lui semblait toujours devoir s'allonger. La moquette, très épaisse, étouffait le bruit de ses pas. Des petites plaques noir et or tachetaient les portes : « Comptabilité », « Recouvrements », « Saisies », « Service de presse ». Une seule porte était ouverte, presque au fond du couloir : des flots de lumière magnétique en sortaient, comme d'un aquarium. On ne parvenait pas à lire la plaque, à cause du panneau de porte entrouvert. Elle l'ouvrit plus largement encore et entra. La salle était vide, de bonne taille. Enfin, vide, oui et non, car au centre de la salle, faisant face à l'entrée, un immense tableau reconstituait une mosaïque de petits écrans de télévision qui fourmillaient d'images en noir et blanc. Au centre de tous, un écran, qui équivalait bien en proportions à trois des autres réunis, offrait des images en couleurs. En s'approchant, on distinguait mieux les saynètes représentées : ici, c'était une vendeuse qui montrait des écharpes à une cliente qui faisait non de la tête, là, un vendeur qui s'accroupissait pour marquer les retouches à effectuer sur les manches du costume que portait un géant barbu, là, deux clientes qui essayaient des canapés en démonstration. Sur chaque écran, de tous côtés, la vie grouillait, partout il se passait quelque chose, ça n'arrêtait jamais. Dans un autre écran, en haut, sur la droite, on avait vue sur le bar : Janine se grattait le bras en regardant du côté d'Albert ; Albert était en train de passer une serpillière sur le carrelage, derrière le comptoir. C'était drôle de les voir comme ça en tout petit, elle eut envie de leur faire signe. Mais voilà qu'on poussait un cri rauque dans son dos, quelqu'un l'empoigna par le col de son manteau. C'était le pilote des écrans, en costume bleu marine lustré, il venait reprendre son poste aux commandes : il s'était juste absenté deux minutes, le temps d'aller pisser, il revenait, et qu'est-ce que c'était que cette bonne femme, d'où elle sortait, mais attendez un peu — il lui faisait faire volte-face un peu rudement —, il la connaissait, c'était bien elle, un bout de temps qu'il la suivait, qu'est-ce qu'elle venait faire tous les jours, et de l'ouverture jusqu'à la fermeture s'il vous plaît, un jour ou l'autre il s'était dit qu'il la pincerait. Il fallait reconnaître qu'elle était forte, ah oui très forte, mais lui il avait tout son temps, et maintenant il la tenait, il disait encore, les petites vieilles « klectomanes », ça le connaissait. Il appelait tout de suite le responsable de surveillance. Il se dirigea vers le récepteur posé sur une console, sous les écrans de télé, et composa un numéro à trois chiffres. Elle ne s'en tirerait pas comme ça. Il avait l'air très fâché. Les larmes lui montèrent aux yeux, l'image de son fils qu'on préviendrait peut-être par téléphone passa dans son esprit, elle n'aurait pas dû monter, elle n'aurait pas dû pousser la porte dont on ne voyait pas la plaque, elle savait que c'était interdit. Elle ne trouvait rien à dire pour sa défense : l'invitation d'un ascenseur vacant n'aurait fait que fâcher l'homme davantage. En tout petit, Janine et Albert continuaient à bouger dans leur écran, en haut, à droite : elle aurait aimé être avec eux.

Dans l'embrasure de la porte toujours entrouverte, se tenait une grande femme avec un chignon gonflant.

Elle marcha droit sur l'employé qu'elle se mit à réprimander en termes très durs. Voulez-vous vous taire, elle lui disait, une bonne cliente, une fidèle, une habituée, la traiter comme une voleuse, heureusement qu'elle était passée par là, elle montait signer pour sa fin de mois, quand elle l'avait entendu crier. Elle insistait : qu'est-ce qu'il racontait, une bonne cliente, quelqu'un qui venait tous les jours, une habituée de la maison, qu'est-ce qu'ils lui auraient passé comme savon à la direction si c'était arrivé jusqu'à leurs oreilles. Et son chignon gonflant tremblait légèrement, tandis qu'elle le réprimandait. L'employé était confus, il prit une voix très douce : il s'était trompé, elle ressemblait à une autre, une « klectomane » qu'il n'avait jamais pu pincer, il s'excusait, madame, il avait dû se tromper, la femme dont il parlait était plus âgée à la réflexion. C'est vrai, bredouillait-il, ces écrans en noir et blanc — il les montrait à l'aide du même doigt qui, un instant plus tôt, avait composé le numéro à trois chiffres du responsable de surveillance —, parce qu'on n'a pas toujours le temps de demander la mise au point en couleurs, sur l'écran du centre, ça déforme un peu la réalité, on est toujours à la merci d'une confusion. A ce moment-là, le responsable de surveillance apparaissait dans l'encadrement de la porte. L'employé s'excusait encore : ça arrivait à tout le monde, il s'était trompé. Pourtant, quand elle franchit la porte à la suite de la femme au chignon gonflant qui poussait devant elle, dans le couloir, le responsable du service de surveillance, elle sentit la cruauté du regard de l'employé qui lui transperça le dos.

La dame au chignon gonflant portait, agrafé sur son chemisier, un peu au-dessus du sein gauche, un petit badge rectangulaire de couleur grise où on lisait « Evelyne Martinaux ».

Evelyne Martinaux, elle le saurait plus tard, avait horreur des questions. Chacun devait vivre comme bon lui semblait : on n'était jamais aussi bien placé que soi-même pour se donner des conseils. Elle jugea bon, pourtant, de lui dire d'éviter à l'avenir de monter comme ça, n'importe où, avec n'importe quel ascenseur ; elle lui serra la main avec chaleur et disparut entre les rayons du rez-de-chaussée. De ce jour datait cette amitié sacrée qui la liait à Mme Martinaux.

C'ÉTAIT dimanche, de nouveau. Depuis l'avant-veille, on n'avait pas revu Georges. Elle aurait voulu lui téléphoner, mais Ahmed pensait que cela pourrait être gênant pour Georges. Il irait lui-même voir ce qui se passait, dimanche, avait-il promis. Elle n'avait pas le numéro de téléphone d'Ahmed et elle ne connaissait pas son nom de famille. Elle regardait pour la centième fois les chiffres que Georges avait tracés lui-même au stylo bleu, sur une page de son calepin, quand la sonnerie du téléphone retentit. C'était son fils. Sa belle-fille était sortie faire un tour avec les enfants. Il en profitait pour lui parler en toute franchise. Sa belle-fille était très en colère. Elle ne comprenait pas, on l'avait attendue jusqu'à deux heures de l'après-midi, les enfants mouraient de faim, ils demandaient pourquoi on ne se mettait pas à table. C'était intolérable, cette attente. La belle-fille pensait que ce n'était pas à elle de téléphoner. Elle attendait des excuses. Elle avait servi à manger aux enfants qui, à force d'attendre, n'avaient plus faim. Pour se calmer les nerfs, ils étaient partis faire une promenade. Qu'est-ce qui lui était arrivé encore ?

Elle resta interdite, le récepteur collé à la joue. Une sorte d'éclipse, un tourbillon, avait englouti dans le néant la communication téléphonique qu'elle avait eue avec sa belle-fille, le mercredi soir. A ce moment-là, elle ignorait encore que la fin de la semaine serait si rude, Georges semblerait aller plus mal le jeudi, le vendredi on ne le verrait pas devant son stand, ni le samedi, et Ahmed proposerait de se charger d'aller le voir dans la journée du dimanche. Mais pourquoi n'appelait-il pas ?

Sa belle-fille avait raison d'être fâchée, elle le pensait sincèrement et elle le dit à son fils. Elle ne pensait pas toujours que sa belle-fille eût raison, mais aujourd'hui elle le pensait. Quand son fils l'avait rencontrée, par exemple, et qu'elle l'avait convaincu de laisser tomber ses occupations pour devenir directeur de l'entreprise de microprocesseurs dont, fille unique, elle hériterait un jour ou l'autre, elle n'avait pas pensé qu'elle eût raison. A cette époque, son fils venait de soutenir sa thèse : trente pages serrées de formules et de théorèmes. Un vrai régal pour l'esprit, avaient déclaré les membres du jury qui l'avaient encore couvert de nombreux éloges. Son domaine, c'était la trigonométrie. Il donnait quelques heures de cours à l'université, le reste du temps il se livrait à ses recherches. Deux fois déjà, il avait eu la fulgurance d'un axiome, mais, c'était incroyable, un autre chercheur qui travaillait à l'université de Richmond, Virginie, avait fait la même découverte, en même temps. Ils avaient publié dans des revues concurrentes les résultats de leurs travaux, l'un en français, l'autre en anglais. Pourtant, son fils n'avait pas semblé avoir eu besoin d'un long temps de réflexion pour préférer les microprocesseurs aux axiomes de trigonométrie, et il n'avait pas eu l'air de le regretter par la suite. Il ne lui avait jamais plus reparlé de trigonométrie ni de Richmond, Virginie, mais tout de même, elle continuait à penser que sa belle-fille n'avait pas eu raison.

Elle promit à son fils de rappeler sa belle-fille, un peu plus tard, quand ils seraient rentrés de promenade, et elle raccrocha. L'essentiel était de ne pas occuper la ligne, au cas où Ahmed (elle lui avait donné son numéro de téléphone la veille, avant qu'ils se séparent) serait en train d'essayer d'appeler.

Jusqu'au soir, elle resta tout près du téléphone. Allongée sur le canapé, elle feuilletait le livre à la couverture sépia qui était apparu dans son sac après que quelqu'un le lui eut dérobé (finalement, on n'avait rien pu savoir ; mais il n'était pas impossible que la femme qui lui lançait des signes amicaux à l'autre bout de la rangée, en tant que représentante de l'ADAGS, dont elle avait dû s'estimer honorée d'accepter la présidence, ait eu quelque chose à voir dans l'affaire). Des secrets, des voyages, la pâque et des moutons : les thèmes principaux du livre se chevauchaient dans son esprit, les lignes dansaient, refusant de trahir leur sens. Vers quatre heures, elle réalisa qu'elle n'avait encore rien mangé. Elle se prépara une tasse de thé, mangea plusieurs tranches de pain beurré, et se remit à attendre.

Ahmed n'appela pas. A moins qu'il n'ait téléphoné

entre dix-neuf heures vingt et dix-neuf heures trente, au moment où elle était en communication avec sa belle-fille. Celle-ci se montra glaciale. Quoiqu'elle connût fort bien les moyens d'y parvenir, elle-même se garda de l'amadouer, de peur que la conversation téléphonique ne se prolongeât. Pourtant, il lui fallut quand même donner le change, demander des nouvelles de chacun des enfants, et c'est là que s'envolèrent les dix minutes pendant lesquelles Ahmed avait dû appeler. Ahmed n'avait sans doute pas que cela à faire. Il devait avoir une famille. S'il ne lui avait pas donné son téléphone, c'était probablement parce qu'il n'en avait pas. A dix-neuf heures vingt, juste avant le dîner, il avait trouvé un moment et il s'était rendu jusqu'à la cabine publique. La ligne était occupée. Il avait attendu quelques instants, fait un nouvel essai : toujours occupé. Alors il était remonté chez lui. La soirée s'était amorcée, il avait regardé la télévision; après le film, il s'était dit qu'il était trop tard.

Elle dormit mal, se leva tard et courut jusqu'à la rue de la Monnaie. Georges était là. Il portait autour de son cou le même foulard que le soir de la réception au Magasin, mais froissé, tire-bouchonné, comme s'il l'avait gardé roulé en boule dans sa poche depuis ce jour-là. De l'autre côté de la chaussée, Ahmed lui fit un sourire : tout allait bien.

COMME cela avait été annoncé dans les journaux, on fit une réduction de 10 % sur l'ensemble du magasin (sauf articles marqués d'un point rouge, et non cumulable avec d'autres escomptes) pendant toute la durée de la nocturne, ce jeudi-là. Les ventes allaient bon train, elle le constatait avec satisfaction depuis l'un des escalators du magasin 4 qui offrait une vision globale sur chacun des étages. Elle redescendait par le même escalator quand la chose s'était produite : il lui avait touché la main. Sa main à lui s'était décollée de son corps où elle reposait sans histoire (enfoncée dans la poche de sa veste ou ballante) pour venir se poser sur la sienne. Une main large, aux ongles carrés un peu noircis, presque une main d'ouvrier. Elle avait beau essuyer sur sa jupe en flanelle la paume de sa main, à l'endroit où continuait d'adhérer la forme tiède de la main étrangère le contact persistait : il brûlait légèrement la base de la main, irradiait jusqu'à la jointure du poignet. Surmontant son dégoût, elle prit l'ascenseur jusqu'au troisième. En entrant dans les toilettes, elle se heurta à une colonne bien droite de femmes qui attendaient silencieusement leur tour — c'était à cause de la nocturne, avec – 10 % sur tout le magasin, qui avait attiré une telle foule, autrement il n'aurait pas osé — et elle se lavait les mains, se lavait à grande eau. Plusieurs fois, il fallut réappuyer à fond sur le bouton qui déclenchait l'arrivée d'eau, les doigts glissaient à cause de la mousse du petit savon jaune en forme d'œuf accroché au support métallique, qu'elle faisait aller et venir dans la main qui avait reçu la main de l'étranger. Quelques femmes la regardaient avec amusement, d'autres avec indifférence, mais la colonne s'ébranlait et la première femme de la rangée — qui se trouvait exactement à sa hauteur, juste devant le lavabo — avançait d'un pas et disparaissait derrière une porte peinte.

Pendant que la vendeuse faisait le paquet, la cliente lui demanda deux fois si elle était sûre d'avoir retiré le prix. A chaque fois, la vendeuse fit signe avec la tête que oui, sans interrompre la conversation qu'elle avait entamée avec sa voisine de stand. Bien sûr, disait-elle, qu'on pouvait mettre le vin blanc en fin de cuisson ; mais elle, elle l'avait toujours mis presque au démarrage, au moment où la viande commence à cuire à petits bouillons. Chacun était libre de faire la recette comme il le voulait. Elle la tenait de sa mère, qui avait toujours mis le vin blanc en début de cuisson. Ça parfumait, ça donnait du goût. Cela ne servirait à rien d'arroser la viande au moment où elle s'était déjà complètement desséchée. L'autre acquiesçait : elle essaierait le vin en début de cuisson, elle lui dirait si elle trouvait que ça faisait une différence. La première répondit par des petites secousses de la tête, reconnaissante. Sans regarder dans la direction de l'autre, elle reprenait : la veille, on avait donné un film italien à la télé, ah, comment c'était le titre déjà, ça allait lui revenir. Un bon film italien, d'un grand réalisateur, qu'est-ce qu'il avait pas fait comme bruit à l'époque, quand il était sorti. Finalement, ça n'avait ni queue ni tête, on perdait presque deux heures de sommeil pour rien. Ces gens-là ne savaient plus rien faire de bon. Ils avaient besoin de quelqu'un de fort, une grande autorité pour les prendre en main. Sa sœur y était allée en vacances, deux ans de suite. A l'hôtel, ils regardaient la télé : c'étaient des jeux, des paillettes, de la poudre aux yeux. On voyait bien qu'il n'y avait plus de gouvernement dans tout ça. Enfin, à côté de ce qui se passait à l'Est, c'était rien. On pouvait s'estimer heureux, en France.

Un client qui voulait acheter un parapluie regardait la vendeuse avec insistance. Il aurait voulu un paquet cadeau. Attention, insistait-il, vous n'oublierez pas d'enlever le prix. La vendeuse arriva vers lui en traînant les pieds. Rien ne pressait, il ne pleuvait même pas. Et on n'avait pas annoncé de pluie de toute la semaine : allez, on se verrait à déjeuner, à quelle heure? non, pas à la cafèt, il y aurait trop de monde à cette heure-ci. Le client commençait à trépigner, toussait à s'en écorcher la gorge en brandissant le parapluie sur lequel, après bien des hésitations, il avait finalement fixé son choix, jusqu'à ce que la vendeuse négligente consentît à s'en emparer : un parapluie télescopique bleu à pois blancs, poignée en plastique, un des modèles les moins chers du rayon.

PENDANT quelques jours, Georges avait semblé aller mieux. Puis les choses se gâtèrent. Le matin, on ne le voyait jamais plus arriver avant onze heures ; le temps de déballer la marchandise, il était onze heures trente. Vers seize heures, il commençait à remballer. Ahmed essayait de le retenir, en lui montrant les aiguilles de la grosse horloge du magasin 2, qu'on voyait depuis la rue de la Monnaie. Georges haussait les épaules et rétorquait, mécontent, en désignant de sa main gauche sa poitrine, où se trouvait, disait-il, sa propre horloge intérieure. Du reste, il ne parlait presque plus à Ahmed, en face, de l'autre côté du trottoir, et semblait à peine la reconnaître quand elle lui apportait son café brûlant, sans sucre. Entre onze heures trente et seize heures, il demeurait assis sur son pliant, l'air maussade. Quand un client s'approchait, intéressé par son stock des jours de pluie ou par son fonds de sous-vêtements laine et coton qu'il suivait depuis presque quinze ans, il lui interdisait de toucher à la marchandise. Si le client, incrédule, passait outre, et se risquait à tâter du bout des doigts la qualité d'une écharpe en mohair (qu'il proposait depuis le début de la saison aux côtés des sous-vêtements), il le houspillait, lui arrachait l'article en question des mains, le chassait à grands gestes de devant chez lui, de sa portion de trottoir. Longtemps après que le client, en colère, eut disparu à l'autre bout de la rue de la Monnaie ou à l'intérieur du magasin le plus proche, pour y cacher son trouble, il le poursuivait de ses invectives : la marchandise, à force d'être tripotée par tout le monde, finissait par s'abîmer. Il suffisait de lui demander la bonne taille, la couleur qu'on voulait, c'était pas plus compliqué, il était là pour ça, sinon à quoi servirait-il ?

De sorte qu'au bout d'une quinzaine de jours, il n'avait pas vendu une seule pièce. Ahmed fut convoqué par la direction : on lui reprocha de ne pas se montrer assez solidaire de son camarade, de l'autre côté de la rue, qui traversait une passe difficile. Ahmed révéla que Georges l'accusait de voler des articles sur son stand, pour les revendre ensuite sur le sien et grossir ses bénéfices. Il prétendait qu'il avait été deux ou trois fois sur le point de le surprendre la main dans le sac, mais qu'à chaque fois Ahmed avait su créer diversion au bon moment. Aussi Ahmed se refusait-il à s'approcher du stand de Georges, aussi longtemps que celui-ci serait dans de telles dispositions à son égard.

Un samedi, vers la fin de février, quand Georges se mit à bombarder les voitures qui empruntaient la rue de la Monnaie, les autobus et les passants, de sous-vêtements laine et coton, elle se dit que tout espoir était perdu. Au bout de quelques instants, la chaussée, large de cinq à six mètres, fut parsemée de petites taches beiges qui s'évadaient de pochettes en plastique luisantes. Certaines échouèrent directement dans le caniveau : heureusement, il n'avait pas plu, il y avait un grand soleil sec qui miroitait sur les pochettes en plastique. Les passants ne riaient pas. Sans bien comprendre, ils avaient l'impression d'assister à une scène dramatique. Ils se baissaient, sur la chaussée, au-dessus du caniveau, pour ramasser les sous-vêtements noircis de poussière, marqués par l'empreinte des pneus, qu'ils rangeaient avec application dans leur pochette en plastique, avant de les remettre entre les mains d'Ahmed ou entre les siennes. Quelqu'un de la direction sortit du magasin 2 et se dirigea vers elle. Elle lui montra Georges déjà calmé, qui s'était rassis sur son pliant, comme si de rien n'était. Mais le représentant de la direction continuait à faire non de la tête. Il demanda à Ahmed de s'occuper de ranger et fermer le stand tandis que Georges rentrerait chez lui. La direction lui paierait le taxi. Il suffisait de l'y conduire. Mais Georges refusa de remettre les clés des cadenas de son stand à Ahmed, et le représentant de la direction dut procéder lui-même à la fermeture du stand, sous les dures remontrances de Georges, qui lui reprochait de faire n'importe quoi, de ne pas s'y prendre comme il aurait fallu.

L'opération prit plus d'une demi-heure (alors que dans ses bons jours Georges ne mettait pas sept minutes pour la mener à bien). Le représentant de la direction replaça lui-même les clefs des cadenas dans la poche de Georges. En même temps, il lui criait très fort au creux de l'oreille gauche qu'il lui rangeait les clés dans la poche de sa veste, comme si Georges fût soudain devenu sourd. Un taxi s'arrêta : le représentant de la direction poussa Georges à l'intérieur et claqua bruyamment la portière. Par la glace arrière baissée, il cria au chauffeur l'adresse de Georges. Puis, par la même glace, il tendit sa main vers Georges. La main resta vide. Georges ne la voyait pas : il regardait de l'autre côté de la chaussée, vers le stand d'Ahmed. Le taxi démarra, longea au ralenti la rue de la Monnaie et disparut sur les quais. A partir du lundi, le stand resta fermé.

Toute la première semaine de mars, elle ne pouvait pas sortir, elle devait garder la chambre. Au cours de cette semaine, la concierge monta quatre fois, le médecin vint trois fois, son fils deux. Quand elle revint le lundi suivant, Georges était mort. On l'avait enterré le vendredi. Un enterrement magnifique, insistaient les vendeuses. Georges, avant de tomber malade, de cette mauvaise maladie qui l'avait emporté si vite, était un homme prévoyant, il avait tout organisé de longue date. On ne savait pas s'il avait encore sa femme. En tout cas, elle n'était pas là. Par contre, sa fille était venue, une jeune femme très belle, qui avait un port de tête majestueux, une danseuse ou une artiste, quelque chose comme ça.

Vers la mi-mars, deux frères pakistanais apparurent. Ils se partagèrent en deux parties égales le stand de Georges. L'un vendait des bijoux fantaisie, l'autre faisait des sandwiches et des crêpes. Celui qui vendait les bijoux était beaucoup plus gros que l'autre. Mais tous deux affichaient sur leur visage une grande douceur. Il y avait toujours du monde à leur stand, la direction se félicitait d'avoir placé sa confiance en eux.

PLUS de deux mois s'étaient écoulés depuis le départ de Mme Martinaux. Personne n'avait eu de ses nouvelles, pas même sa filleule. Celle-ci se plaisait au rayon Laines. Elle était reconnaissante à Mme Martinaux de l'avoir placée là. Elle tournait en alternance avec une jeune femme qui venait d'avoir un bébé. Paris était une ville formidable. Elle regrettait de ne pas avoir plus de temps, le soir, après le Magasin, pour tout connaître. Il faudrait qu'on en discute, un de ces soirs. D'ailleurs, ce soir, pourquoi pas, oui ce soir c'était une bonne idée, on se retrouverait à la fermeture, on achèterait tout ce qu'il faut sur le chemin, quelle bonne idée, on faisait comme ça, hein.

La cage d'escalier était sale et mal éclairée. Elles montèrent un escalier tortueux. Ginette marchait devant, lui recommandant de ne pas s'essouffler : il fallait qu'elle garde des forces pour arriver jusqu'au cinquième. Quand elles entrèrent dans l'appartement, une ombre s'avança vers elles. Ginette alluma : c'était Kostia. Sans en parler directement, dans leurs conversations, Ginette avait fait allusion à lui, quelquefois.

Il ressemblait à un jeune rat. Ses yeux étaient cerclés de rouge, son teint farineux. Son nez et sa bouche saillaient vers l'avant, loin de son visage, comme pour se rejoindre en un museau. Il paraissait gêné de la voir. L'appartement comprenait une grande pièce un peu vide, aux murs fraîchement tapissés de fleurs gaies. En enfilade, on accédait à une cuisine et une salle de bains minuscules. Mme Martinaux les avait aidés à trouver ce logement : des étrangers, des Russes, ça n'inspirait pas confiance, surtout en ce moment, elle avait dû se porter garante pour eux. Ginette posa les manteaux sur un grand pouf crevé par endroits, et disparut dans la cuisine. Kostia savait très peu de français. Il la regardait de ses petits yeux noirs tapis dans ses orbites couleur de farine.

Ginette servit le dîner dans des assiettes dépareillées. Elle parlait beaucoup, Kostia intervenait de temps en temps, en russe. Deux ou trois échanges se faisaient entre eux, renvoyés avec précision comme des petites balles dures. Ensuite, Ginette traduisait ou ne traduisait pas, cela dépendait. Il apparut que Kostia n'avait pas faim : il s'était levé tard, il avait pris son petit déjeuner dans l'après-midi. Pendant qu'elle mangeait, il lui fit poser par l'entremise de Ginette plusieurs questions de politesse, accueillit ses réponses avec intérêt, puis se renfonça dans son silence.

Ginette jugea nécessaire de fournir des explications. Elle disait qu'il n'arrivait pas à s'habituer à vivre ici. Elle intonait le mot « ici » sur la première syllabe, ce qui lui conférait un air étrange, comme si c'était un mot nouveau de la langue. Au début, précisait-elle, il s'était inscrit dans un cours de français, elle a essayé de le faire travailler un peu quand elle rentrait du Magasin, mais ça finissait toujours par des disputes. Il pensait qu'il ne pourrait jamais parler cette langue, qu'entre le moment où il commençait à l'apprendre et celui où il finirait par la parler, il aurait eu le temps d'assimiler toutes les langues et dialectes parlés par tous les peuples de l'ancienne Union soviétique. Les mots du français lui semblaient avoir été fondus dans des moules trop petits. Il n'avait pas la bouche conformée pour. Comme, d'autre part, il ne jugeait pas la société française très ouverte, depuis quelque temps il ne sortait plus. Ou, s'il sortait, c'était pour de longues marches d'où il rentrait fourbu et sombre. Il s'interdisait de s'attabler dans un café, à cause du garçon qui lui aurait fait répéter plusieurs fois ce qu'il voulait avant de faire semblant de le comprendre. Il n'aimait que les supermarchés, les grands magasins, où tout était libre à l'accès, où les choses ne s'échangeaient pas contre des paroles. En un temps somme toute assez bref, quand on y réfléchissait, c'était devenu intolérable, il fallait trouver une solution. Ginette quitta des yeux la boule de mie de pain qu'elle roulait sur la nappe, du plat de son index, et la regarda dans les yeux, comme si elle craignait sa réaction. Des amis russes lui proposaient de partir : ailleurs, on avait besoin de médecins qui parlent l'anglais, l'allemand ou l'hébreu. Il s'apprêtait à prendre une décision. Elle ne donna pas son avis, elle ne dit rien d'elle-même. On aurait cru qu'elle attendait la résolution de Kostia dans l'indifférence, comme s'il se fût agi d'un verdict administratif.

La fin de la soirée fut très gaie. Kostia semblait s'être habitué à sa présence, il se lançait dans de grandes diatribes sur le sens de la vie et les gouvernements, qu'il ne laissait pas à Ginette le temps de traduire. Ils burent la bouteille de champagne qu'elle avait apportée et lui apprirent des chants russes.

ENCORE quatre ou cinq jours, une semaine tout au plus, et on sortirait de la saison du blanc. Les rayons reprendraient leur allure conventionnelle, on connaîtrait enfin une sorte de répit. Un sursaut de tension se ferait sentir à l'approche de Pâques, puis le rythme se relâcherait de nouveau, on s'engouffrerait dans une période de giboulées et de fins d'après-midi pleines de langueur. Alors, il n'y aurait plus qu'à attendre que l'été vienne.

Ginette arriva au Magasin, rouge et hors de souffle. Elle la croisa dans l'escalier mécanique. Ginette craignait la réaction de sa chef de rayon, aussi lui demanda-t-elle de monter avec elle jusqu'à la mercerie. Elle ne s'était pas trompée : la chef — qui criait d'ordinaire à qui voulait l'entendre que sa petite Russkof, la filleule de Mme Martinaux, était une véritable perle — était ce matin-là la proie d'une mauvaise colère. Pour comble de malchance, la jeune femme qui était d'ordinaire aux fils à broder et rubans avait fait une fausse couche dans la nuit et on l'avait transportée d'urgence à l'hôpital. Depuis l'ouverture, il y avait deux bonnes heures de cela, la chef avait donc dû assumer un double service, aux fils à broder-rubans et aux laines. Comme un fait exprès, il y avait du monde aujourd'hui, depuis l'ouverture ça n'arrêtait pas de défiler, comme si toutes les clientes s'étaient donné le mot pour faire de la couture le même jour. Ginette éclata en sanglots. Elle arracha son manteau de son corps, jeta son sac à main dans un petit placard ménagé derrière un présentoir de belles laines mousseuses. La chef de rayon se replia vers les fils à broder-rubans. Ginette sanglotait encore par à-coups, quand elle se mit à servir la première cliente de la queue.

Le visage de Kostia ne l'avait pas surprise. Dès le début, il avait eu pour elle un air de familiarité, comme s'il s'était déjà présenté souvent, comme s'il correspondait à un type humain qu'elle aurait côtoyé plusieurs fois au cours de sa vie. C'était qu'elle avait dû l'apercevoir, émergeant d'un coin d'ombre, à la sortie du magasin où il attendait Ginette. Non, ce qui continuait d'être curieux quand bien même on n'était pas surpris de ce visage, c'était le contraste qu'il offrait avec la personne de Ginette, lumineuse, solaire. Car ce faciès glabre, terreux, presque souterrain, rendait le visage blanc et blond de Ginette plus blanc et blond encore. C'était un alliage incompréhensible. C'était cela, en vérité, qui choquait quand on y réfléchissait après coup.

Lorsqu'elle se penchait au-dessus des pelotes de laine, l'attention tendue vers la cliente qui questionnait, craignant de rater un mot, de ne pas saisir le sens d'un terme technique, elle offrait innocemment la fermeté rose de son nez et de sa joue, elle faisait jouer la lumière de onze heures dans ses cheveux. Elle paraissait à l'aise, ne rien vouloir d'autre qu'être là, à pencher dans la lumière son profil au-dessus des pelotes de laine, le visage tendu vers la cliente qui reculait un peu, surprise de tant de sollicitude et d'une attention si peu feinte

JUSQU'À la fin de la saison du blanc, aucun des hommes ne se montra. Puis, au cours de la semaine suivante, les signes s'étaient multipliés : sept fois en sept jours, la scène s'était reproduite, chacune étant caractérisée par des changements insensibles qui la distinguaient pourtant de façon radicale de toutes celles, d'apparence analogue, qui l'avaient précédée et de celles, probables, qui la suivraient. Chacune de ces scènes s'assortissait d'une sensation de déjà vécu quasi intolérable. Au bout de la énième approche, maladroite et fuyante, elle était prête à provoquer d'elle-même la rencontre. Sous les traits mécaniques de la répétition, elle prenait conscience qu'on l'avait portée vers quelque chose qu'elle ignorait encore. De plus en plus nettement dans son esprit, les tentatives de contact s'organisaient en une gradation méthodiquement calculée, une stratégie d'initiation mûrie dans le secret. Tout convergeait vers un but.

Dans l'escalier mécanique, juste devant, à quelques pas à peine, quelque chose d'inouï se passait. Neuf marches plus haut, l'homme — celui-là même qu'elle trouvait derrière elle, ces derniers jours, au sortir des ascenseurs, dans les escaliers, dans la queue qui menait à la caisse de Janine, sur l'échelle en colimaçon qui débouchait en plein ciel, près des deux peintres japonais qui ne se regardaient pas, devant les vitrines qu'on défaisait à nouveau, utilisant les feuilles du papier bleu nocturne qui avait déjà servi après Noël —, cet homme-là se collait derrière une femme d'âge moyen. D'elle, on ne voyait que le dos, un dos mince, tendu dans un tailleur bleu grisé qui s'harmonisait peut-être avec la nuance de ses yeux. Ses cheveux châtains étaient réunis en un catogan par une grosse barrette dorée. Toutes comparaisons établies, la femme était sans doute plus attirante qu'elle, mais ce n'était pas une raison. Elle le regardait, derrière l'autre, accomplissant ces gestes qu'elle avait dû tant de fois imaginer, reconstituer, dans son propre dos : la main qui s'élève un peu, retombe lourdement et, dans sa chute, effleure le dos de la femme. A ce moment — c'est là que l'inouï se place —, il se retourne vers elle, neuf marches plus bas, ajuste son regard au sien, comme il ne l'a jamais fait. Comme pour la prendre à témoin de la scène, la lui montrer, l'y faire participer, lui en faire l'offrande. Puis, toujours en la fixant, il rétrograde de deux marches, décolle son ombre de celle de la femme, qui semble n'avoir rien remarqué.

Des éclats de voix partaient de la quincaillerie où on étiquetait un réassort fraîchement arrivé, en même temps qu'on le disposait en rayon, à savoir une opération qui se pratiquait généralement à deux. Celle des vendeuses qui plaçait le réassort en rayon écoutait l'autre qui s'arrêtait momentanément d'étiqueter pour dire que c'était grâce à son beau-frère. C'était grâce à lui, il avait insisté, il l'avait convaincue. Il connaissait quelqu'un, une collègue de travail, elle avait gagné, elle était passée à la télé et là, rebelote, elle avait encore eu la main heureuse, et au total elle avait empoché un bon magot. Moi, j'ai jamais rien gagné, lançait l'autre, depuis l'allée où elle disposait le réassort en rayon. Pourtant, ce n'était pas faute d'avoir joué. Au tiercé, au loto, et vas-y, si on devait calculer tout l'argent qui y était passé, ça ferait une de ces sommes ! Mais pas ça (et elle posa le réassort un peu encombrant pour faire claquer l'ongle de son pouce contre une de ses incisives), ça n'avait jamais rien donné. A la longue, on finit par se dégoûter, maintenant elle n'avait plus envie de jeter son argent par les fenêtres. Un silence s'installait, que l'autre ne savait comment rompre. Mais c'était celle au réassort qui finissait par reprendre : tout de même, la voir gagner, cela faisait plaisir, ça prouvait au moins que c'était possible. Son mari, il devait être content. Et le tirage à la télé, il paraissait que c'était toujours un samedi que ça se passait, il allait falloir demander sa journée à la chef pour y aller, si ça tombait au moment de Pâques, ça allait être coton, mieux valait ne pas lui dire le motif, sinon tintin pour sa prime d'assiduité ! Et comment elle s'habillerait : il paraît que le blanc à cause des projecteurs c'est pas conseillé, mais le bleu marine, oui, ça flatte, c'est simple et ça fait toujours distingué.

Un peu étourdie, elle avait abandonné avec soulagement le rayon Quincaillerie, l'étage tout entier, magasin 2, sous-sol, pour se rendre à la cafétéria. Janine et Albert s'étaient disputés. Elle s'en étonna : Albert n'était pas un homme irascible et Janine n'était pas le genre de femme à jeter de l'huile sur le feu. Le jeune homme blond si déférent slalomait, royal, entre les tables. Pour la première fois depuis qu'il travaillait ici, il semblait s'être débarrassé de sa crainte, être devenu lui-même. D'ailleurs, il était nettement moins déférent qu'à l'ordinaire. Il s'inclina avec désinvolture au-dessus de la table qu'elle avait choisie, et l'essuya de son chiffon humide, longuement, d'un geste trop appliqué. La forme demeurait mais, vidée de son contenu, devenait presque un signe d'insolence. Sans bien savoir pourquoi, elle eut la certitude que le jeune homme blond faussement déférent n'était pas étranger à la querelle qui faisait se dresser face à face, comme des ennemis, Janine et Albert.

Ce fut un soulagement de quitter la cafétéria. Elle sortit dans la rue de la Monnaie. Ahmed était en train de fermer son stand. Il l'interpella gaiement : sa femme avait accouché d'un garçon, la direction lui octroyait le reste de sa journée, il filait là-bas. Elle l'aida à serrer en liasses les petits coussins à imprimé provençal, puis, une fois que tout fut rangé avec soin, Ahmed rabattit le grand couvercle de bois et essaya d'enfoncer les clés dans les serrures des cadenas. Il n'y arrivait pas, il tremblait trop. C'était son premier garçon, avant il avait eu déjà trois filles, il redoutait d'en avoir une quatrième. Elle lui dit qu'elle comprenait, elle aussi avait un fils. Il parut surpris, il croyait qu'elle n'avait pas de famille. Elle ferma les serrures des cadenas et lui remit les clés. Il l'embrassa sur les deux joues, fit un petit signe amical aux deux frères pakistanais, de l'autre côté de la chaussée, et partit en courant. C'est le lendemain que tout arriva.

BIEN que ce fût un jour de nocturne, la scène se passa dans l'après-midi, entre trois et quatre heures. Les choses se déroulèrent selon une procédure très différente des autres fois, empreintes cependant de la même rapidité et de la même évidence qu'elles revêtaient toujours. Simplement, au lieu de détourner la tête, elle se mesura à son regard, comme il l'avait invitée à le faire en quelque sorte, lors de cette dernière scène où figurait la femme au catogan. Elle avait laissé sa main recouvrir la sienne qui poussait le tourniquet d'entrée du rayon Alimentation, au sous-sol du magasin 4. Elle l'avait regardé de près : il était brun, nu-tête, sa bouche était fermement dessinée. Il portait des vêtements sombres, de coupe classique, qu'il avait très bien pu acheter au Magasin : un pantalon laine et polyester, trois cent quatre-vingt-dix-neuf francs ; un veston à rayures tennis, mille deux cent cinquante francs au plus ; un très beau cache-nez de cachemire, rouge, identique à celui qu'elle avait acheté pour les trente-neuf ans de son fils ; on ne voyait pas très bien les chaussures, elles étaient en cuir, c'était certain, mais il aurait fallu pouvoir les examiner dans de meilleures conditions.

En entrant à sa suite dans le magasin 3, celui qui portait malheur depuis cette fameuse scène où Mme Martinaux et la malchance entraient pour une part à peu près égale, elle s'était un peu raidie, craignant qu'il ne la conduisît « au paradis », dans ce bureau moquetté où des flots d'images se déversaient sur des écrans pour la plupart en noir et blanc (sauf ceux du centre où un zoom permettait de voir, en couleurs, le détail des autres écrans). Mais ils n'avaient fait que traverser le magasin de part en part, pour ressortir par une porte vitrée anormalement lourde, couper la rue du Pont-Neuf, franchir le magasin 1, gagner la rue Baillet et pénétrer dans le magasin 2. L'ascenseur les avait conduits au neuvième étage. Dans l'ascenseur, elle lui demanda avec un petit rire nerveux s'ils montaient voir les peintres japonais. Il la regarda sans comprendre. Durant toutes ces secondes, éternelles, qu'ils mirent à atteindre le neuvième étage (ils étaient seuls dans l'ascenseur), il n'ouvrit pas la bouche une seule fois. Elle n'était même pas sûre qu'il la comprît — surtout depuis qu'elle avait posé cette question à propos des peintres japonais et qu'il s'était mis à la regarder, sans sembler comprendre —, qu'ils fussent en mesure de communiquer l'un avec l'autre.

En franchissant le seuil de la terrasse découverte, elle se retint de lui demander depuis quand la réglementation avait changé ; avant, tout récemment encore, elle était sûre de l'avoir vue la dernière fois qu'elle était montée se rendre compte où en étaient les œuvres des deux Japonais — le jour où elle avait constaté que leurs techniques s'étaient tellement fondues en un art jumeau qu'ils semblaient travailler chacun pour soi à la même toile, dont l'un eût assumé la partie gauche, l'autre la droite. Tout cela devrait mal finir : ils se jetteraient en même temps du haut de l'esplanade du point de vue, l'un depuis la partie ouest qui s'orientait vers le musée du Louvre, l'autre du côté est qui regardait vers la tour Saint-Jacques, et leurs corps, couchés dans la rue de l'Arbre-Sec, devant l'église de Saint-Germain-l'Auxerrois, et dans la rue du Pont-Neuf, au pied de l'immeuble imposant de Conforama, décriraient le même arrondi artistique des bras. Oui, ce jour-là, elle l'avait vue encore, la pancarte qui disait formellement : TERRASSE FERMÉE D'OCTOBRE À MAI. Et voici qu'elle avançait sur la terrasse découverte, elle se disait que Noël était vraiment loin, l'air était léger, dépourvu de ce souffle aigre qu'elle lui avait vu le matin même en descendant de l'autobus.

Ils s'assirent. Une jeune femme s'approcha d'eux : sans la consulter, il commanda des cafés. Sa voix fortement timbrée infléchissait les syllabes avec une extraordinaire douceur. Il roulait les *r*, mais pas comme Ginette, de temps en temps, en fin de journée, quand elle était rendue de fatigue, il les roulait avec exagération, il en rajoutait, comme s'il eût renoncé une fois pour toutes à les prononcer correctement et qu'il voulût le signaler par son affectation. La serveuse revint avec les cafés. Pas de doute, les tasses, les soucoupes, jusqu'aux enveloppes du sucre, on était bien au Magasin, ce n'était pas un rêve.

D'ABORD, il l'avait remerciée. Puis il s'était mis à lui parler de la communauté. A ce jour, elle comptait cinq cent dix-sept membres, c'était très peu. Si on ne l'étendait pas, elle allait mourir. Et si elle mourait — Dieu l'en garde —, c'était un des plus vieux peuples au monde qui disparaîtrait. Car ils étaient les vrais fils d'Abraham. Ils continuaient de vivre sur la terre de leurs ancêtres, auprès des ruines de ce qui fut autrefois leur capitale, Samarie. S'ils avaient réussi à survivre à l'anéantissement de leur capitale, aux multiples persécutions dont ils avaient été victimes au cours des siècles, c'était grâce à leur fidélité absolue, sans réserve, à la loi de Moïse. Ainsi, trois fois l'an, conformément au commandement sacré, tous les mâles de la communauté gravissaient le mont Garizim pour se présenter devant l'Eternel. Mais elle savait déjà tout cela, n'est-ce pas, elle le savait déjà ?

L'image de la couverture sépia passa très vite dans son esprit. Elle ouvrit la bouche pour lui en parler, mais il reprenait déjà le fil de son discours et elle n'osa pas l'interrompre. De plus, l'épisode du livre sépia, en regard de ce qui se déroulait depuis quelques instants (la prise de contact enfin menée à bien, l'acheminement muet vers le neuvième étage, la mise en service inopinée de la terrasse découverte), lui parut soudain dépourvu d'intérêt, le fruit d'un mystère plat. Mais il avait déjà repris son discours et elle tendit de nouveau toute son attention vers lui. Il disait qu'autrefois la secte était très importante, mais aujourd'hui elle se réduisait à une poignée de familles menacées d'abâtardise. Bien sûr, le plus logique eût été d'envisager des unions avec les peuples limitrophes, mais il fallait comprendre une chose : il était souvent plus difficile de s'accorder avec une communauté dont les croyances et les dogmes religieux étaient très proches des leurs qu'avec des personnes prêtes à assimiler et à respecter leurs règles. Voilà pourquoi beaucoup de gens, élus comme lui par les membres de la communauté en âge de voter, s'appliquaient déjà, de par le monde, au cœur de lieux choisis, à cette régénérescence. A Londres, à New York, à Buenos Aires, chaque jour, sortis de leur travail, prêts à rentrer chez eux, des gens disparaissaient de leur plein gré, sans laisser d'adresse, sans plus donner de nouvelles. S'était-elle jamais demandé ce qu'ils devenaient ? Eh bien, quelques-uns ressortaient de l'autre côté du globe, près des ruines de Samarie, au pied du mont Garizim, ils devenaient des membres actifs de la communauté, on pouvait compter sur eux. D'ordinaire, on pressentait des femmes plutôt jeunes. Et, en effet, quand elle regardait autour d'elle, elle réalisait que, tandis qu'il parlait, la terrasse s'était peuplée d'autres hommes, blonds ou bruns, dont quelques-uns étaient barbus, qui s'entretenaient avec des femmes jeunes ou d'âge moyen. Certaines d'entre elles étaient d'une grande beauté. Plusieurs portaient le badge gris des vendeuses, du personnel, agrafé au-dessus de leur sein gauche. Beaucoup ne portaient qu'un fin gilet de laine, c'est vrai qu'elle avait un peu trop chaud avec son manteau. Elle se serait bien mise debout pour le retirer, mais elle craignait de se montrer impolie envers son interlocuteur. Pour elle, continuait-il, c'était différent. Il y avait longtemps déjà qu'on l'avait perçu : elle fréquentait l'endroit en reine. Elle était l'âme samaritaine par excellence.

Le compliment la laissa sans voix. Sa gorge s'était nouée, elle avalait sa salive, en faisant des petits mouvements de dénégation avec la tête. Il ajouta que, bien sûr, elle devait prendre tout le temps nécessaire qu'il fallait pour y réfléchir, mais tout de même, on ne pourrait pas attendre éternellement sa réponse. Sitôt qu'on approcherait des fêtes de Pâques (à ce propos, aimait-elle l'agneau ? Le jour de Pâques, on en sacrifiait plusieurs qu'on mangeait après le coucher du soleil ; s'il lui demandait cela, c'était parce qu'ils avaient remarqué dans la communauté que, souvent, les jeunes femmes françaises, quand elles arrivaient, disaient qu'elles n'aimaient pas l'agneau), oui, et même avant les fêtes de Pâques, qu'on ait le temps de faire le nécessaire, il lui faudrait avoir pris une décision.

Ils redescendirent ensemble au rez-de-chaussée. Là, il prit congé d'elle, non sans lui serrer fermement la main. L'après-midi n'était pas encore terminé mais de gros nuages broussailleux avaient eu vite fait d'éteindre le souffle printanier qu'elle avait respiré là-haut, sur la terrasse.

QUELQUES jours passèrent. On arriva au samedi. Ce fut un samedi inégal, énervant et interminable. Le Marché aux Affaires, qui se tenait depuis l'avant-veille au deuxième étage du magasin 4, signalé à grand renfort d'affichettes sur toutes les portes qui donnaient sur la rue, attira beaucoup de monde. On y accédait par quatre marches au-dessus desquelles se balançait un écriteau bifrontal. Sur l'une des faces, on avait écrit en lettres minuscules très serrées, à cause de la surface exiguë de l'écriteau, « Entrée du Marché aux Affaires ». Sur l'autre — qu'on pouvait lire de très près si, quand on avait gravi les quatre marches, on se retournait aussitôt : « Sortie sans achats ». En contrebas des quatre marches, sur la gauche quand on entrait, cinq ou six caisses étaient déjà assiégées par les acheteurs. Le Marché aux Affaires formait ainsi un long boyau qui finissait en un cul-de-sac dont on ne pouvait sortir qu'en revenant sur ses pas pour franchir les caisses ou reprendre l'escalier aux quatre marches surmontées de l'écriteau bifrontal qui indiquait la sortie sans achats.

L'outillage, avec ses pinces, scies, marteaux, verrous, sets de bricolage, occupait un grand carré. De l'autre côté de l'allée, séparés de l'outillage par quelques lattes de parquet jaune vitrifié qui faisaient déraper les talons des chaussures, des cartons ovales tournoyant au bout d'un fil de nylon proposaient des couscoussiers au prix exceptionnel de quatre-vingt-dix-neuf francs, que chevauchaient des poissonnières en aluminium à cent trente-cinq francs. L'outillage cédait la place à des tuyaux de douche, des tapis aiguilletés, des poubelles à pédale, des luminaires et des cadres. Dans un coude, on avait disposé quelques meubles d'appoint : chaises pliantes, lits escamotables, poufs convertibles en lits d'une personne. On arrivait alors à un nouvel escalier de quatre marches qui descendait, celui-ci, de sorte qu'on se retrouvait au niveau qu'on avait quitté en abordant le Marché aux Affaires. Si l'on traversait l'allée, reprenant au début, aux poissonnières succédaient bientôt des hachoirs à viande, des appareils à faire les frites, des thermos et des batteries de cuisine. Des assiettes blanches, ordinaires, partageaient deux rayonnages avec un service d'assiettes plates et creuses, d'un large diamètre, à imprimé fleuri rose en provenance d'Angleterre. A côté, dans de petites boîtes rectangulaires, étaient couchés par lot de six des porte-couteaux en métal argenté représentant des chiens courts sur pattes, aux corps longs, ou des lièvres efflanqués qu'on reconnaissait à leurs seules oreilles. Toutes les nuances du plastique, du plus souple au plus rigide, se trouvaient représentées, avec les étagères, les porte-poêles muraux, les saladiers, les couverts et les cintres. Dans un bac qui montait à peine à la hauteur du genou, de grands cercles filetés, perclus de trous, attiraient l'attention : couvercles ménagers antiprojections, annonçait la pancarte. Puis on rejoignait le coude des meubles d'appoint, on se heurtait de nouveau à l'escalier qu'on descendait. Sur des portants pendaient des vêtements aux formes flasques. En marge des robes et des vestes, des chandails distendus par les cintres et des pantalons hors du temps, comme abandonnées au beau milieu d'une allée, des petites carrioles débordaient de vêtements d'enfants. Puis on abordait, pêle-mêle, les sous-vêtements hommes et dames : des soutiens-gorge aux bonnets profonds et des slips-kangourous, des culottes en dentelle et des maillots de corps ajourés. Le terrain accusait alors une légère déclivité où venaient s'inscrire les mouchoirs, les rouleaux de papier hygiénique et les protections féminines. Au bout, soit à l'extrême fin du cul-de-sac, émergeaient de grands vases posés à terre des fleurs artificielles d'un parme écœurant et des plumets aux pointes en velours brun.

De l'autre côté de l'allée, le corps incliné vers les deux rayonnages de vaisselle, blanche et fleurie, une jeune personne dont les cheveux inondaient le dos de lumière essayait d'arrêter son choix sur des assiettes assorties. Elle portait un pull trop grand tricoté au point de riz dans une belle laine mousseuse qui s'était détendue au lavage. Juste une caresse sur ses cheveux blonds et elle avait sursauté, se retournant. Son dos et sa chevelure s'étaient plaqués aux étagères de vaisselle pour livrer passage à la dame qui s'avançait dans la même allée étroite qu'elle.

Des femmes plongeaient la main dans les bacs de vêtements. De temps à autre, elles en extrayaient un de la masse des autres, elles l'isolaient, le considéraient, le jaugeaient sous toutes ses coutures, jusqu'à ce qu'elles découvrent un trou, une vilaine tache qui ne partirait pas, une zone légèrement décolorée, une maille qui s'était sauvée, défigurant la poitrine d'un pull-over. Alors, comme soulagées, et d'un air entendu, elles le rejetaient, elles s'en désintéressaient, non sans l'avoir fait sauter en l'air afin que, en retombant, il aille plus étroitement se mêler à la chair des autres, qu'elles se remettaient à fouiller avec détermination. Un homme d'une quarantaine d'années essayait une veste en chevron qui avait bien deux tailles de trop : la femme qui l'accompagnait recula d'un pas, pencha la tête vers la gauche. Ses yeux brillèrent, d'enthousiasme elle se mit à battre des mains. L'homme garda la veste sur lui. La femme l'aida à en retrousser les manches, puis, ensemble, ils volèrent vers la sortie qui passait obligatoirement par les caisses, s'immobilisèrent dans la queue qui menait à la caisse 4. C'est devant une caisse comme celle-ci, la 4 ou la 5, que Mme Martinaux discutait avec Georges qui, ayant confié son stand à Ahmed, jouissait d'un quart d'heure de pause. Juste pour le plaisir d'échanger quelques mots. Souvent, ils avaient les mêmes vues sur les choses. Il faut dire que Georges était le « jumeau astral » de Mme Martinaux : ils étaient nés le même jour de la même année ; pour l'heure, c'était plus difficile à savoir puisque, au contraire d'Evelyne Martinaux qui était née à Paris, Georges avait vu le jour à l'étranger. Décidément, chaque année c'était la même chose : le Marché aux Affaires attirait toujours autant de monde, même des clients qui en période ordinaire ne seraient jamais venus. Avant de l'apercevoir et de l'inviter à les rejoindre par un signe facétieux, Georges, dans un geste de familiarité qui le fit se porter presque contre la poitrine d'Evelyne Martinaux qui, assise devant sa caisse enregistreuse, se trouvait en position surélevée par rapport à lui, appuya son coude gauche sur le comptoir de la caisse 4. La caisse 4 devant laquelle stationnaient déjà une famille composée de deux parents et de deux enfants, qui étaient les mieux placés pour connaître un dénouement proche, deux femmes, l'une derrière l'autre, la première étant plus âgée que la seconde, et un homme seul qui tournait et retournait entre ses mains une paire de chaussures en daim beige, dont le pied gauche était d'un ton légèrement plus clair que le pied droit, comme s'il hésitait encore, suivi d'une jeune fille blonde qui portait d'un air décidé une pile d'assiettes roses.

Il suffisait de les regarder pour comprendre : ici, leur vraie nature éclatait, ils se montraient, enfin, sous leur vrai jour. Dehors, ils parvenaient sans peine à donner le change. C'étaient des êtres comme les autres, on les respectait. Ici, on les comprenait, on comprenait que s'ils vivaient, s'ils travaillaient, s'ils mangeaient, s'ils croissaient et se reproduisaient, c'était pour avoir le temps d'acquérir plus et mieux que les autres. Pas tous les autres, mais les autres qu'ils connaissaient, ces autres qui les entouraient, ceux que le hasard avait placés auprès d'eux, comme témoins et comme juges. Ici, seulement, ils donnaient leur pleine mesure, ils s'épanouissaient, ils frôlaient l'universel. Car tout était donné là en pâture, sans façon. Il n'y avait qu'à tendre la main. Et l'on se sentait vivre. Des joies et des émotions, violentes, les atteignaient.

Quand ils avaient passé la caisse du Marché aux Affaires, ils redescendaient par l'escalier mécanique et ils gagnaient la rue. Ils parlementaient un peu, debout sur le trottoir : ils avaient envie de rentrer dans un autre magasin, connaître encore une fois cette tension des nerfs, se glisser à nouveau dans la coquille. Ils longeaient la rue de la Monnaie et gagnaient d'ordinaire le magasin 2. Appuyée à la balustrade du quatrième étage, un bel escalier bleu canard qui se constellait de feuilles dorées, elle se pencha : la foule se déplaçait en grosses taches qui se faisaient plus foncées à certains endroits. Soudain, une voix d'homme annonça par le haut-parleur qu'une vente-flash sur les cravates et les accessoires débutait au rayon Hommes. Les taches furent agitées d'un petit tremblement, s'éparpillèrent, essaimèrent en pointillés minuscules, avant de se reconstituer, plus foncées encore, autour des nouveaux centres d'intérêt. Fuyant à travers le linge de lit et le linge de table, elle trouva les portes de la cafétéria. A la place de Janine, une grosse femme mûre trônait devant la caisse. Elle arborait un pull à manches courtes souligné de dentelle au col et aux manches dont la maille presque transparente faisait encore saillir la masse opulente de sa poitrine. Ses bras tourmentés de graisse s'agitaient latéralement comme des ailerons trop courts, en se décollant du corps. Quand il s'adressait à elle, le garçon lui disait « Pascaline ». Le garçon — qu'elle voyait aussi pour la première fois — avait des dents jaunies dont la partie supérieure qui les joignait à la gencive était bordée d'une pellicule blanche et grasse qu'on aurait voulu détacher, d'autant que, lorsqu'il prenait la commande, il découvrait largement sa denture, mettant aussi à nu un rail de gencives roses. Une mèche de cheveux lui descendait sur le milieu du front qu'il plissait pour donner plus d'expressivité à son visage mort. Une vieille dame entra, précédée de son fils, un homme timide, déjà un peu atteint par l'âge, qui s'avançait dans sa direction en passant distraitement la main sur ses tempes de coton roux un peu dénudées. Elle ferma les yeux et vit distinctement son fils lui tendre le bras gauche, toujours le bras gauche. On pourrait se promener ensemble, il se serait amusé comme un enfant au Marché des Affaires, ils seraient venus aussi se reposer à la cafétéria, peut-être même y déjeuner. Une troupe de garçons et de filles qui parlaient une langue turbulente entrèrent en jet dans la cafétéria, la ballottant de droite et de gauche avant de la rejeter vers la sortie.

Une autre voix annonça dans le haut-parleur une nouvelle vente promotionnelle, au rayon Habillement Femmes, cette fois, au deuxième étage du même magasin. La tache s'étala encore, quelques gouttes à sa périphérie se perdirent, un long remous l'agita. La tache prit une forme oblongue, s'étira démesurément d'un côté, et se mit à glisser avec lenteur en direction de l'escalier mécanique. Dans le haut-parleur, la voix refit la même annonce, invitant à se rendre au deuxième étage par l'escalier mécanique. Ebranlé de petites secousses nerveuses, le flot régulier continuait de progresser dans la direction de l'escalier. Arrivé au bas de l'escalator, le flot se contint quelques secondes puis s'engouffra sur les marches, s'insinuant dans les interstices des rainures métalliques, épousant les parois en aluminium de l'escalier, s'incrustant sur le caoutchouc noir de la main courante. Il se figea en un fleuve de miel, une mare gélatineuse, immobile mais traversée de tressautements inquiets. Se fondre dans ce fleuve figé, s'amalgamer à cette masse mouvante : les vagues montaient inexorablement vers elle. Dans leur débordement, ils la fouleraient aux pieds, leur marée la recouvrirait, elle serait engloutie. Enfin, repus, ils reflueraient. Un vertige la prit. Son corps plia en deux au-dessus de la rampe stylisée de la balustrade. Une main la ramena fermement vers l'arrière et, la tenant par le coude, lui fit faire plusieurs pas à reculons jusqu'à ce que ses jambes rencontrent le coussin d'un canapé qui servait pour le décor. C'était un vigile : on n'avait pas le droit de se pencher comme ça au-dessus de l'escalier, ça pouvait être dangereux. Comment elle se sentait, ça allait, elle ne voulait pas rester assise un petit moment avant de repartir ?

IL fallut attendre jusqu'au jeudi pour le revoir. Le nocturne battait son plein. Des jeunes couples essayaient des canapés. Ils étaient si agiles qu'ils allaient dans un souffle d'un canapé à l'autre. Les vendeuses, corpulentes, chargées de lourds volumes d'échantillons de tissu, avaient du mal à les suivre. Ils passèrent sans s'arrêter devant le canapé en chintz où elle était assise. Ils hésitaient entre le velours et le cuir, ils n'arrivaient pas à fixer leur choix. Le canapé en chintz avait un fond beige, rehaussé de guirlandes de fleurs. C'était un modèle lumineux, elle ne se lassait pas de le contempler.

Elle caressait de la main la surface glacée du chintz quand elle avait senti le contact connu d'une autre main, chaude, aux ongles carrés un peu noircis. L'homme s'inclina respectueusement devant elle et s'assit à ses côtés sur le canapé aux belles guirlandes de fleurs. Plusieurs fois pendant qu'ils s'entretinrent, les vendeuses passèrent devant eux sans les voir, occupées à ne pas perdre des yeux les jeunes couples qui faisaient de grandes enjambées, d'un point du rayon à l'autre. Il lui demanda si elle avait réfléchi. Elle lui répondit par des questions.

Ce n'était pas dangereux, au moins ? On ne prenait pas trop de risques, ni pendant le voyage, ni après, une fois installé ? Il ouvrit des yeux très ronds. Si elle avait des doutes, elle n'avait qu'à venir assister au sacrifice de Pâques. C'était une cérémonie magnifique, chaque année des gens venaient des quatre coins de la terre pour la voir. Elle déciderait sur place. Il n'y avait aucune crainte à avoir. Toutes celles qui étaient venues dans ces conditions à la communauté y étaient restées. Non, attendez, ce n'était pas tout à fait exact. Une jeune femme, une caissière, ici, peut-être l'avait-elle connue, une petite, boulotte : une fois là-bas, elle avait eu envie de voir du pays, selon son expression, elle avait quitté la communauté, parcouru le pays dans tous les sens, écrit trois livres. C'était il y a plusieurs années déjà. Aujourd'hui, elle enseignait l'archéologie dans une université américaine. Elle n'avait pas perdu au change, tout de même ! Une université américaine : s'agissait-il de l'université de Richmond, Virginie ? Non, il répondit, plutôt Philadelphie ou Los Angeles, mais cela n'avait aucune espèce d'importance.

Et Mme Martinaux, est-ce qu'elle était là-bas, elle aussi ? Une femme grande, toujours bien mise, avec un chignon, on ne pouvait pas ne pas la remarquer. Oui, non, c'était possible, il ne savait pas bien, il n'était pas sûr. Ces derniers mois, c'était pour ça en partie que sa prise de contact à elle avait demandé un si long temps, il y avait eu des problèmes sur l'antenne de Paris — il paraissait gêné d'avoir à donner ce genre de précisions —, plusieurs détecteurs s'étaient succédé dans un laps de temps somme toute assez court, la Société avait essayé de s'en mêler, d'envoyer quelqu'un, désigné de son propre chef, tout cela avait failli mal tourner. Mme Martinaux, avec un x..., c'était possible, il faudrait s'en assurer, mais on ne pourrait le faire que sur place. A ce moment-là, l'une des membres qui composaient la troupe des jeunes couples résolus à faire l'acquisition d'un canapé sembla soudain remarquer le canapé aux belles guirlandes sur lequel ils étaient assis. Sans plus de façons, elle s'en approcha et se laissa littéralement choir dessus. Sa jupe s'ouvrit en corolle et vint recouvrir complètement les jambes de l'homme, comme si la jeune femme se fût assise sur ses genoux. Un tel sans-gêne lui sembla révoltant et elle se penchait pour réprimander la jeune femme quand son regard rencontra celui de l'homme, calme, indifférent, comme s'il considérait la chose comme une contingence externe, à laquelle il aurait déjà été habitué. La jeune femme rassembla les plis de sa jupe et se releva avec légèreté, s'éloigna d'un pas pour mieux juger, fit une petite moue à l'adresse du canapé et un sourire poli dans sa direction, avant de filer à l'autre bout du rayon rejoindre les membres des jeunes couples parmi lesquels figurait son mari. L'homme ne parla plus mais resta encore un peu assis à ses côtés, sans doute pour apporter la preuve qu'il n'avait pas été affecté par la scène. Puis il se leva, s'inclina avec respect devant elle, buta contre le tapis qui s'étendait au pied du canapé en chintz, rétablit l'équilibre et s'éloigna en direction de l'escalier mécanique.

C'était clair : Evelyne Martinaux était là-bas. Sinon, pourquoi n'aurait-elle pas écrit depuis son départ ? Personne, pas même sa filleule, celle de son mari pour être tout à fait exact, personne n'avait reçu de ses nouvelles. Et même, si l'on poussait le raisonnement jusqu'au bout, la version du fils, pour une femme indépendante et fière comme elle l'était, semblait hautement improbable... Et les deux jeunes gens ? Eux, non, c'était plus difficile à imaginer. Pourtant, Kostia, enfin c'était Ginette qui avait dû le dire, traduisant les propos de Kostia, alors précisément que son visa arrivait à expiration, s'était vu offrir de travailler parmi des médecins parlant l'allemand, l'anglais et l'hébreu. Cela ne voulait rien dire, mais on pouvait aussi interpréter ça comme un signe. Et, à bien des égards, il pouvait s'agir de ce « pays neuf » dont Kostia avait parlé à plusieurs reprises durant cette soirée. Pourtant, là encore, quelque chose clochait : il était difficile d'imaginer Ginette résignée et soumise, sacrifiant à Kostia son rêve français, trahissant sa grand-mère dont elle se souvenait à peine, et son arrière-grand-mère qui travaillait dans ce cabaret parisien pendant la guerre, au moment où des liens s'étaient noués avec le mari d'Evelyne Martinaux. C'était d'autant plus difficile que Ginette, lors même qu'elle se penchait, attentive, au-dessus des pelotes de laine et du fil à tricoter, le visage offert à la cliente, bouillonnait de fermeté résolue. Le lendemain du jour, déjà lointain, où elle était arrivée avec plus de deux heures de retard, rouge, confuse, hors de souffle, Ginette ne s'était pas présentée au Magasin. Sa chef de rayon, et elle aussi du reste l'avait cru, avait pensé qu'elle était malade, qu'elle avait des ennuis. On avait attendu quelques jours qu'elle se manifeste, qu'elle prévienne le Magasin. Puis, comme rien ne venait, sa chef, à regret, s'était décidée à la faire remplacer, une jeune fille aux jambes courtes avait pris sa place derrière les pelotes de laine mousseuse. Elle avait encore attendu le bout de la semaine, le dimanche, puis elle s'était rendue en métro jusqu'à l'immeuble où vivaient Ginette et Kostia. La porte cochère était fermée par un code qu'elle ne connaissait pas. La rue de la Goutte-d'Or était étrangement déserte, tous les rideaux de fer des magasins étaient baissés. Elle s'apprêtait à rebrousser chemin, quand un couple s'était immobilisé devant le porche, formant le code qui ouvrit la porte. Elle se glissa dans leur ombre, monta jusqu'au cinquième, frappa deux petits coups à la porte de Ginette. Une femme ensommeillée vint ouvrir. Elle lui demanda poliment des nouvelles de Kostia et Ginette. La femme lui fit signe d'attendre et disparut. Un homme, également ensommeillé, ne tarda pas à apparaître dans l'embrasure de la porte. Il la regarda avec méfiance. Elle s'excusa et lui renouvela sa question. Dans un français cahoteux, il admit que Kostia et Ginette avaient quitté l'appartement mais il n'avait aucune idée de l'endroit où ils étaient allés. Il la toisa encore une fois et referma la porte.

ELLE fit plusieurs fois le même rêve. Une voix d'homme soufflait dans son oreille : « samaritaine, vous êtes samaritaine ». Par-derrière, faisant à peine frémir l'air qu'il déplaçait, l'homme s'approchait d'elle et enveloppait son dos d'une longue cape rouge, avec un geste très doux. A côté, presque contre eux, tirant d'un petit appareil un son sec comme un coup de pistolet, des demoiselles pépiantes étiquetaient à quatre-vingt-douze francs des barrettes nacrées en forme d'animaux imaginaires, qu'elles lançaient dans des corbeilles prévues à cet effet. Elle les regardait faire, tout en sentant avec netteté le contact de la doublure synthétique rouge sur ses mains. Ensuite, elle s'éveillait brutalement, un goût sucré, écœurant, dans la bouche. Il était déjà tard, heureusement c'était dimanche. Peut-être que son fils accepterait de venir la chercher à la gare. Après le déjeuner, on irait se promener, elle pousserait le landau du bébé, ensemble on guetterait les premiers signes de la fin de l'hiver. Le téléphone sonna trois fois dans le vide puis la voix enregistrée du fils la salua impersonnellement et lui apprit que toute la petite famille était partie en week-end dans le Loiret. Suivait un numéro de téléphone où on pouvait les joindre en cas d'urgence. Le mot week-end additionné du nom d'une ville du Loiret souleva quelque chose de confus en elle : ne lui avait-il pas dit quelque chose d'approchant, la dernière fois qu'elle l'avait eu au téléphone ? Elle fit un effort intense pour se souvenir d'un détail au moins, un seul, mais le rouge du tailleur qu'elle enfilait pendant qu'elle faisait ces efforts pour se souvenir accapara bientôt toute son attention.

Ce dimanche-là, contrairement à son habitude, elle connut l'ennui. Ni la lecture des gratuits qui attendaient en pile sage sur la tablette du téléphone, ni le tome rectangulaire à la couverture sépia ne parvinrent à l'animer un peu. Jusqu'au soir, allongée sur le canapé, les pieds légèrement surélevés pour la circulation, elle espéra vaguement quelque chose qui ne vint pas (puisqu'elle avait mis le tailleur rouge, c'était bien le signe que ce n'était pas un dimanche ordinaire). Quand elle se releva, en fin de journée, les ressorts du canapé crièrent. C'est vrai qu'il était laid à faire peur, ce canapé, et imposant avec ça. Son mari l'avait racheté à un collègue de bureau qui déménageait en province. Ils avaient eu du mal à le faire passer dans l'escalier. Son mari et le collègue suaient à grosses gouttes. Ils avaient écaillé la peinture de la cage d'escalier. La concierge, quand elle s'en était rendu compte, avait fait toute une histoire. Puis son mari était mort, et le canapé était resté à sa place. Même Georges, qui était mort lui aussi à présent, quand elle lui avait demandé son avis, le soir où il était venu la raccompagner après la petite fête au cours de laquelle Mme Martinaux avait officiellement annoncé qu'elle quittait le Magasin, avait reconnu qu'il était affreux et peu commode. Si elle en avait encore le temps, elle aurait pu acheter le canapé en chintz avec ses belles guirlandes de fleurs anglaises, son fils aurait fait disparaître l'autre, il aurait pu lui rendre ce service.

Se rencontrer était plus improbable qu'on n'aurait pu le croire. Imaginons par exemple qu'au lieu de passer par la porte centrale qui donnait sur le Pont-Neuf, il ait choisi une entrée latérale, qu'ensuite, au lieu de prendre le groupe d'ascenseurs qui partaient du rez-de-chaussée, il ait préféré l'escalier mécanique, parce qu'il voulait en profiter pour faire des achats, pour voir, ou simplement par caprice : en ce cas, ils ne se seraient jamais retrouvés, ils n'auraient pas eu la plus petite chance de se rencontrer.

Son fils paraissait très en colère. Il ajouta que c'était vraiment idiot, on ne fixait pas ainsi un rendez-vous à l'aveuglette, il fallait toujours se renseigner, avoir la certitude. De son côté, elle saisissait parfaitement le motif qui était à l'origine de cette colère. Il était clair que, ne voyant aucune raison valable de l'admettre, on avait éconduit son fils, on avait même jugé prudent de lui mentir pour qu'il n'ait pas le mauvais goût d'insister : c'est FERMÉ, d'octobre à mai. Inutile de monter, la jeune fille du Point Informations s'était montrée formelle. Pourtant, là-haut, il devait déjà y avoir du monde, par cette fin de matinée ensoleillée, des jeunes femmes devaient écouter des messieurs, par petits groupes inégaux, tout en jouissant de la lumière qui se réverbérait sur la terrasse. Elle eut envie de laisser là son fils pour les rejoindre : elle monterait, les portes, dont on avait interdit l'accès à son fils, s'ouvriraient d'elles-mêmes devant elle, une jeune femme s'approcherait pour prendre la commande. Mais ce ne serait ni très sérieux ni charitable pour son fils, puisque, après tout, c'était elle qui avait insisté pour qu'il vînt, il avait eu du mal à se libérer : est-ce que ça ne pouvait pas attendre la fin de la semaine, sa belle-fille leur ferait un bon déjeuner, on irait dans la campagne avec les enfants. Mais elle avait tenu ferme : le rendez-vous se tiendrait au Magasin (il avait aussi discuté le lieu, trop loin de l'immeuble de sa société) et aujourd'hui.

A défaut de terrasse, il lui suggéra en riant de monter jusqu'à la cafétéria, qu'une flèche orientée vers le haut désignait à l'embouchure de l'escalier mécanique. Ils montèrent. Sa colère était tombée, il regardait tout ce qui venait au-devant d'eux sur leur passage avec un intérêt avide. Elle essaya de se le figurer, livré à son bon plaisir à l'intérieur du Magasin.

Janine, exceptionnellement, souleva la partie du comptoir amovible et vint jusqu'à eux prendre la commande. Elle dévisagea avec attention le fils, et le résultat de cet examen dut être positif car, quand elle se retourna vers elle pour lui demander ce qu'elle prendrait, le respect et l'approbation se lisaient sur son visage.

Son fils se taisait, attendant qu'elle parle. Janine

apporta les consommations, ouvrit la main pour y recevoir les pièces que le fils lui tendait, fit une plaisanterie à propos d'une pièce de dix francs à la tranche étonnamment dentelée, regagna le comptoir derrière lequel, après avoir soulevé le battant amovible, elle se retrancha.

Le silence retomba sur eux. La première phrase qu'elle avait préparée contenait l'idée majeure que sa décision était prise. Elle aurait aimé pouvoir la dire, comme ça, sans préambule, de but en blanc. Mais tout débutait sous de piètres auspices : pour des raisons impossibles à déceler, les fleurs bleues du rameau d'hysope dont lui avait fait cadeau le Samaritain au moment où ils s'étaient séparés à l'issue de leur dernière rencontre, déterminante, et qu'elle avait agrafé au revers de son manteau beige, du côté opposé à celui qui arborait un pin's, cette branche d'un bleu pâle, ces fleurs sacrées au parfum subtil, si subtil qu'elle avait pu s'endormir avec son manteau posé sur une chaise, à la hauteur de la tête du lit, avait tout de suite paru incommoder son fils.

Quand elle referma la bouche, elle sentit le regard de son fils entrer facilement en elle, aussi facilement qu'une lame. C'était un regard qui venait de loin, de plus loin qu'eux-mêmes, et d'autrefois. Guidé par la voix, le bébé s'oriente vers le visage de sa mère, il tourne vers elle les globes de ses yeux encore aveugles. Il garde le souvenir de cette tranquille tiédeur où il baignait longtemps, tandis que s'élaborait le sourd travail des molécules. Le portant, lui, la mère porte le monde et toutes choses à leur commencement. L'air, le souffle du matin qui amena le désir et consacra la minute de l'union intime. Le moment où, jeune fille tourmentée de rêves, elle s'élançait déjà au-devant de ce qui deviendrait sa vie. Légère dans sa robe d'été, elle s'élançait, tranchant net la corde de ses liens antérieurs. Sans le savoir, elle prenait place dans le cycle des naissances et des métamorphoses, elle accomplissait le programme écrit depuis les origines. En elle, s'apaisaient momentanément les craintes des ancêtres et leurs douleurs : un point d'équilibre était atteint. La rumeur des générations faisait silence. Cela durait un peu, puis la rumeur montait de nouveau. Elle s'enflait, charogne nourrie de sang et d'os, grossissait toujours dans l'humus de la pourriture. Effrayé par le bruit assourdissant de la rumeur, le petit garçon se tranquillisait en écoutant le pas de la mère. Il grandissait. Commençait alors la longue succession des petites trahisons, fréquentes, infimes, qui éloignent et séparent de façon irréparable. Peu à peu, il oubliait la rumeur. Tandis qu'il s'éloignait, elle, au contraire, plus elle avançait en âge, plus elle s'en approchait.

Le regard du fils s'attardait dans sa chair, retournait ses entrailles, la fouillait intimement, passant à travers elle comme une porte connue. Il toucha aux origines, retrouva sa naissance, entendit à nouveau la rumeur, reparcourut le long déroulement du temps. Et connut ce point inhérent à toute vie assez longue pour voir s'accomplir le travail des cycles, là où les fils deviennent pères et les filles se font mères, parents de leurs parents, qui les regardent alors avec la même avidité qu'ils les regardèrent autrefois, ces nouveau-nés qui tournaient vers un visage connu de toute éternité les globes de leurs yeux encore aveugles. S'il fallait choisir le moment, c'était le pire. Les Camerounais arrivaient en début de semaine, grosse négociation, gros contrat. Et il n'était même pas sûr que Michel Raignaux, à qui on avait trouvé une vilaine tache dans les poumons, soit de taille à faire front tout seul. Surtout, il ne fallait pas se sentir coupable : une règle de la nature, un décret dans l'ordre des générations. La résidence qui avait ouvert à Crépy-en-Valois était à peine à une dizaine de kilomètres de la maison. C'était une grande bâtisse blanche, toute simple, avec un parc derrière, qu'on voyait depuis la route nationale. A l'intérieur, les studios étaient indépendants, on pouvait apporter son propre mobilier. Et il suffisait de vendre l'appartement, mais avec le marché en dégringolade... Les enfants grandissaient tellement vite que ce serait bien de garder un pied-à-terre dans Paris. Son regard reflua, se retira, se mit hors d'atteinte, quitta ce corps en le désincarnant. Sa main se saisit nerveusement de la tasse de café encore à moitié pleine, ses lèvres s'entrouvrirent : « C'est moi qui m'occupe de tout, maintenant », dit-il.

La composition de cet ouvrage
a été réalisée par l'Imprimerie BUSSIÈRE,
l'impression et le brochage ont été effectués
sur presse CAMERON dans les ateliers de B.C.I.,
à Saint-Amand-Montrond (Cher),
pour le compte des Éditions Albin Michel.

Achevé d'imprimer en avril 1995.
N° d'édition : 13520. N° d'impression : 2893-93/809.
Dépôt légal : mai 1995.